Mila Summers

Sommerzauber in Schottland
Ein Cottage zum Verlieben

AF175395

Impressum

Bibliografische Information der Deutschen Nationalbibliothek:
Die Deutsche Nationalbibliothek verzeichnet diese Publikation
in der Deutschen Nationalbibliografie; detaillierte bibliografische Daten sind im Internet über www.dnb.de abrufbar.

Deutsche Erstauflage Juli 2022

Copyright ©Mila Summers

Lektorat: Dorothea Kenneweg

Korrektorat: SW Korrekturen

Covergestaltung: Nadine Kapp

Covermotiv: Shutterstock ©bbofdon, ©bondart, ©Helen Hot-

son

Impressum: D. Hartung
Frankfurter Str. 22

97082 Würzburg

mila.summers@outlook.de

Herstellung und Druck über tolino media GmbH & Co. KG,
Albrechtstr. 14, 80636 München. Printed in Germany.
Fragen zu Produktsicherheit an: gpsr@tolino.media.

MILA

SUMMERS

Sommerzauber in Schottland

- Ein Cottage zum Verlieben -

Roman

Kapitel 1

Anna

»Du kannst nicht nur hier oben im Dachboden herumsitzen und Trübsal blasen, Anna. Das Leben findet da draußen vor deiner Tür statt.«

Ich wusste, dass Lara recht hatte. Und ich wusste auch, dass es falsch war, sich an diesem wunderschönen Flecken Erde im Zimmer zu verbarrikadieren und den Sommer an mir vorüberziehen zu lassen. Aber seit ich zu Lara und Cailan nach Schottland an den Clachtoll Beach gereist war, fehlte mir die Kraft, einfach so weiterzumachen.

»Ich weiß. Ich kann es hören.«

Und wie ich das konnte. Unweit des B&Bs, das meine Freundin mit ihrem Partner führte, war gleich der belebte weiße Sandstrand, der Sportler und Familien gleichermaßen anlockte und sowohl zum Träumen als auch zum Aktivurlaub einlud. Die Möwen zogen tiefe Kreise über dem zauberhaften Cottage, und das Rauschen des Meeres war mein ständiger Begleiter.

Wenn ich mich gerade nicht in einer Sackgasse meines Lebens befunden hätte, könnte ich diesen Ort vermutlich auch in vollen Zügen genießen. Anstatt hier abzuhängen und darauf zu warten, dass mich die Erleuchtung ereilte, hätte ich meine Tage ganz unbefangen am Strand verbringen und bis spät am Abend in den Wellen schwimmen oder surfen können.

Doch mein Surfbrett hatte ich aus Neuseeland gar nicht mit zurück nach Europa genommen. Zu sehr erinnerte es mich an die vergangenen Wochen mit Jason.

»Wir könnten später eine Runde am Strand spazieren gehen. Ich werde Leonore jetzt noch ein Weilchen in der Küche zur Hand gehen und mache dann meine Planung für die kommende Woche fertig. Aber danach fände ich es sehr schön, wenn wir beide mal ein wenig mehr Zeit miteinander verbringen würden. Du gefällst mir gar nicht, Anna. Und ich mache mir Sorgen um dich.«

Lara strich mir vorsichtig mit ihrem Handrücken über die Wange und sah mir dabei fest in die Augen. Wir beide kannten uns schon unser ganzes Leben lang, waren gemeinsam zur Grundschule und später auch ins Gymnasium gegangen. Während Lara danach jedoch eine Ausbildung zur Hotelfachfrau absolvierte, war ich dem Wunsch meines Vaters folgend nach München gegangen, um dort an der LMU BWL zu studieren.

Wenn es nach mir gegangen wäre, hätte ich gerne etwas mit Sport und Schildkröten gemacht. Am liebsten wäre ich Meeresbiologin an den Keys in Florida geworden. Das war immer mein Traum gewesen, als ich noch klein gewesen war und meine Mutter mich dazu genötigt hatte, am Klavier zu üben, anstatt mit den anderen Kindern auf der Straße zu spielen.

»Soll ich dir was sagen, Lara? Ich mag mich so auch nicht mehr leiden.«

Eine Tatsache, mit der ich mich nun schon eine ganze Weile trug. Das Klavierspielen hatte ich irgendwann eingestellt, was meine Mutter bis heute sehr schade fand. Sie wurde nicht müde, es mir bei jeder Gelegenheit aufs Butterbrot zu schmieren. Dabei betonte sie stets, wie kostspielig die ganze Angelegenheit gewesen wäre. Aber Wirtschaftswissenschaftlerin war ich nach wie vor. Und das in einer absoluten Männerdomäne, nämlich in der Unternehmensberatung.

Kein Job, den ich mir freiwillig ausgesucht hätte. Aber mein Vater hatte seine Beziehungen spielen lassen und mir eine Stelle bei der renommiertesten Unternehmensberatung des Landes verschafft. Das Gehalt war gut. Die Kollegen ganz okay. Nur der Job an sich war einfach nichts für mich.

Wann würde ich mir das selbst eingestehen und Konsequenzen daraus ziehen? Wie lange wollte ich mich noch verbiegen, nur um es meinem Vater recht zu machen? Sollte das bis zu meiner Rente so weitergehen?

Es musste sich etwas ändern, das wusste ich selbst. Nur den Weg, wie ich aus dem Schlamassel, das sich mein Leben nannte, wieder herauskam, kannte ich noch nicht.

»Was ist in Neuseeland passiert?«, wagte Lara einen vorsichtigen Vorstoß in die richtige Richtung.

Zumindest teilweise. Denn mein Leben war schon vor Neuseeland und Jason gewaltig aus den Fugen geraten. Und das nicht nur wegen des Jobs. Denn da war ja auch noch Max.

Max und ich hatten an derselben Uni studiert und arbeiteten in derselben Unternehmensberatung. Unsere Beziehung hatte sich also zwangsläufig ergeben und hatte so gar nichts mit Liebe auf den ersten Blick zu tun. Denn auf den ersten Blick fand ich Max nur langweilig und gar nicht besonders anziehend.

Doch mit der Zeit und den vielen beruflichen Gesprächen, die wir geführt hatten, fand ich es eine vernünftige Entscheidung, Max mehr Raum in meinem Leben zu gewähren. Dass er daraufhin gleich mit Sack und Pack bei mir einzog, war so nicht geplant. Aber auch nicht weiter schlimm. Schließlich waren wir ja ein Paar. Irgendwie.

Das mit Max und mir war in den vergangenen drei Jahren auch echt gut gelaufen. Er stellte im Gegensatz zu meinen Eltern keine Anforderungen an mich, und wir beide waren zufrieden miteinander.

Zumindest glaubte ich das bis zu dem Tag, als er mir den Vorschlag unterbreitete, unsere Beziehung zu öffnen und neuen Eindrücken mit anderen Menschen darin mehr Raum zu geben.

Was sich im ersten Moment ganz nett anhörte, weil Max in Verhandlungen geübt war und seine Worte gut zu wählen wusste, war letztlich nichts weiter als seine Forderung, auch mit anderen Partnern ins Bett hüpfen zu dürfen.

Das war schlicht und ergreifend das Ende einer Beziehung, die ich nicht hatte kommen sehen, in der ich mich aber immerhin wohlgefühlt hatte. Zumindest bis zu dem Tag, als Max mir erklärte, er würde mehr experimentieren wollen, um unsere Beziehung damit aufs nächste Level zu heben, wie er es nannte.

Nette Motivationssprüche, um die Frau an seiner Seite zu ermutigen, ein Auge zuzudrücken, während er sich mit seinen angekündigten Seitensprüngen vergnügte.

Max hatte offensichtlich nichts davon gemerkt, wie sehr er mich mit seinem Vorschlag verletzte. Meine sarkastischen Bemerkungen zu dem Thema überhörte er und beharrte auf seiner Vision von mehr Abenteuer in der Beziehung. Er hörte mir gar nicht richtig zu. Für mich war klar, dass wir als Paar auf diesem Weg keine Zukunft haben würden. Unglaublich, dass er die Möglichkeit überhaupt in Erwägung gezogen hatte. Ich schmollte, und wir redeten weiter aneinander vorbei. Schließlich reichte es mir. Ich sagte Max, ich bräuchte eine Auszeit, und war in ein Sabbatical nach Neuseeland geflohen, nur um dort geradewegs in Jasons Arme zu laufen. Ein breitschultriger Schotte mit durchdringendem Blick, Ahnung von Whiskey und Moves auf dem Surfbrett, die ich wohl nicht einmal dann hinbekommen würde, wenn ich von nun an nichts anderes mehr tat, als zu üben.

»Das mit Max und mir steht auf der Kippe«, erklärte ich Lara und vermied auf diese Weise, von Jason zu berichten.

Mein Leben war gepflastert von offenen Baustellen. Welche davon ich mir bei einer Begehung mit Lara ansah, war meine Entscheidung, fand ich. Beste Freundin hin oder her, ein paar kleine Geheimnisse durfte man schon haben. Auch wenn mein Geheimnis ziemlich groß und muskulös war.

Nicht nur das. Jason hatte riesige Hände, mit denen er unglaublich zärtlich sein konnte. Seine Küsse waren wie Vergiss-alles-was-dich-im-Leben-stört-Pillen, von denen ich nie genug bekommen konnte.

»Oh, echt? Wieso denn das? Gibt es eine Neue? Oder hast du dich in einen anderen Mann verliebt?«

Diese Frage konnte ich nur mit den Worten »Es ist kompliziert« beantworten.

»Inwiefern?«, fragte Lara.

Ich seufzte.

»Max will sich auch mit anderen Frauen treffen. Das war der Grund für meine Flucht nach Neuseeland.«

Laras Lippen bildeten ein wissendes O.

»Ich verstehe«, sagte Lara und legte dabei ihre Hand auf meine.

Dann sah sie mich mit diesem Was-hast-du-jetzt-vor-Blick an, und ich war versucht, gleich wieder zu seufzen oder mir stattdessen die Decke über den Kopf zu ziehen. Aber mich zu verkriechen, war keine dauerhafte Option. Ich musste mich der Sache, die man landläufig *Leben* nannte, stellen. Die schottischen Highlands waren ja nicht der schlechteste Ort, um damit anzufangen. Auch wenn ich gerade noch keinen blassen Schimmer hatte, wie ich es anstellen sollte.

»Dann bist du schon weiter als ich.«

Ich bemühte mich um ein Lächeln, auch wenn mir eher zum Heulen zumute war.

Warum konnte ich Max denn nicht einfach sagen, wie blöd und verletzend ich seinen Vorschlag fand? Was hinderte mich daran, dem Mann, von dem ich bis vor wenigen Monaten dachte, ich wäre die Einzige für ihn, zu sagen, dass ich enttäuscht von ihm war?

›Vielleicht die winzig kleine Tatsache, dass sein Vater im Aufsichtsrat von BMW sitzt?‹, warf meine innere Stimme zielsicher ein.

Aber wo sie recht hatte, hatte sie nun mal recht. Dabei fuhr ich nicht mal selbst. Ganz im Gegenteil. Ich hatte mich bewusst gegen einen Wagen entschieden, als ich aus dem provinziell anmutenden Würzburg in die Millionenstadt München umgezogen war.

Die Verkehrsanbindung war einfach deutlich besser als in meiner Heimat. Zudem war es kaum möglich, einen Parkplatz im Glockenbachviertel zu finden. Die einzige Option wäre eine horrend teure Garage gewesen. Aber dieses Geld sparte ich mir lieber, und so konnte ich es mir leisten, ungeplant in ein Sabbatical nach Neuseeland zu gehen.

Mein Vater war jedoch ein glühender BMW-Fan, dem kein anderes Auto in die Garage kam. Als meine Mutter sich vor einigen Jahren einen Mini anschaffen wollte, gab es hitzige Diskussionen darüber, ob dieser englische Import, der nun zwar unter BMW-Flagge fuhr, neben seinem BMW Concept XM mit sage und schreibe 750 PS stehen durfte. Natürlich war mein Vater hocherfreut gewesen, seinen Schwiegersohn in Spe kennenzulernen, wie er gleich betonte. Er hatte mir nicht nur einmal zu verstehen gegeben, dass ich mir diese gute Partie nicht entgehen lassen sollte.

»Ich muss jetzt leider wieder runter, um nach dem Rechten zu sehen und Leonore in der Küche zu helfen. Aber mein Angebot für später steht nach wie vor. Ich würde mich sehr freuen, wenn du mich auf meinem Spaziergang begleiten würdest.«

Ich nickte und lächelte dabei sogar. Für Lara.

Mit einem »Warte!« hielt ich sie davon ab, ihre Hand auf die Türklinke zu legen.

»Ich komme mit«, erklärte ich.

»Aber ich kann erst später …«

»… ans Meer. Ich weiß. Wenn ich noch länger allein hier oben herumsitze und meinen Gedanken nachhänge, dann drehe ich noch durch. Leonore wird bestimmt auch für mich eine Aufgabe finden.«

11

Lara lächelte.

»Ganz sicher sogar. Sie weiß immer, was zu tun ist. Und sie weiß, wie man Menschen, die zu viel grübeln, auf andere Gedanken bringt. Lass dich von ihr nur nie dazu überreden, allein mit einem Mann an den Lake Assynt zu fahren.«

Meinen fragenden Blick kommentierte sie mit einem Zwinkern, ohne dabei jedoch auf die Details einzugehen. Mit weiteren fünf bis zehn Fragezeichen im Kopf ging ich hinter Lara die Treppe hinunter in die Küche.

Das Haus und der angrenzende Garten waren erfüllt von Kinderlachen, emsigen Gesprächen und dem verheißungsvollen Rauschen des Meeres, das mich seit meinem ersten Tag zu sich lockte. Bisher hatte ich mich dem Bedürfnis widersetzt, an den Strand zu gehen, da ich mich nicht an die vielen gemeinsamen Stunden mit Jason am Oakura Beach erinnern wollte.

Langsam, aber sicher musste ich nach vorn blicken. Und das nicht nur, weil Jason sich nie wieder bei mir gemeldet hatte und Max noch immer auf eine Antwort von mir wartete. Ich brauchte eine Marschroute für mich. Einen Weg, den ich einschlagen konnte, ohne auf einem Minenfeld zu landen. Doch wie sollte ich das angehen?

Kapitel 2

Jason

»Du weißt doch, wie sie sein kann.«

Ein geflügelter Ausspruch in dieser Familie, der viel zu oft in Bezug auf Granny fiel.

»Aber was hätte sie denn davon, wenn sie die Firma verkaufen und damit die Destillerie einem Wildfremden übereignen würde? Das ist doch sogar für Granny ein komplett absurdes Unterfangen. So schätze ich sie nicht ein«, gab ich meinen Senf zu dem Familienrat, den Dad überhastet einberufen hatte und zu dem, neben meiner Schwester Theres, meiner Mum Gloria, meinem Onkel Theodore und meiner Tante Cybill auch meine Cousine Maybell gekommen war.

»Hast du eine Ahnung. Diese Frau hat schon ganz andere Dinge gemacht. Muss ich euch etwa erst an den Aktienverkauf vor einigen Jahren erinnern? Was war noch gleich die Ursache für ihren Unmut? Ach ja, ich weiß wieder: Es war die Tatsache, dass Mortimer, mein lieber Bruder, nach Australien ausgewandert ist und sie vorher nicht nach ihrer Meinung gefragt hat«, platzte es ungehalten aus Tante Cybill heraus.

»Granny ist eine Institution. Leider ist sie auch oft unberechenbar. Ihre Meinung unterliegt einem ständigen Wandel. Wir haben das alle in der Vergangenheit schon zur Genüge am eigenen Leib erfahren müssen, wie sie ihre ganz eigenen Mittel einsetzt. Ich erinnere euch nur ungern an das Weihnachtsfest in dem kleinen Schweizer Bergdorf, zu dem wir alle eingeflogen waren, nachdem es aufs Penibelste von mir geplant, dann aber in letzter Sekunde von Ihrer Hoheit Granny der I. abgesagt wurde.«

Maybell war schon immer etwas theatralisch gewesen. So bewertete sie Grannys Unrecht an ihr mit einem ganz anderen Maß, als das bei uns anderen der Fall war.

»Wie kommt sie überhaupt auf die Idee, verkaufen zu wollen? Was ist denn vorgefallen?«, hakte ich nach.

Mein Dad seufzte schwer.

»Du erinnerst dich an die … Vereinbarung, die zu deiner Geburt mit den Bouverys geschlossen wurde?«

Bei Dads Worten hatte ich das Gefühl, alle Augenpaare meiner Verwandten würden auf mir ruhen. Besonders schwer wog der besorgte Blick meiner Mum. Kein gutes Zeichen.

»Du meinst diese alberne Verfügung, in der festgehalten worden sein soll, dass ich Beverly Bouvery heiraten muss, bevor sie dreißig Jahre alt wird?«

Ich lachte laut und kehlig auf. Diese Geschichte, die in meiner Familie kursierte, war zu absurd. Doch leider fiel niemand vom Rest der Familie mit ein. Die Lage schien ernst. Sehr ernst sogar.

»Was glaubst du denn, warum wir dich so abrupt haben zurückfliegen lassen? Wir wussten doch, wie sehr du dich auf deinen Urlaub gefreut hast«, warf Theres ein. Meine kleine Schwester schenkte mir ein angedeutetes Lächeln. Eins von der Sorte, das mir klarmachte, wie ausweglos meine Situation war.

Autsch!

»Leute, es kann sich hierbei doch nur um einen dummen Scherz handeln. Oder? Ich meine, nicht mal Granny ist so rückständig, um an einer Verfügung festzuhalten, die vor dreißig Jahren womöglich in einer feucht-fröhlichen Nacht geschlossen wurde. Wie viel Whiskey war da wohl im Spiel, als die beiden Familienoberhäupter diesen Schwachsinn unterschrieben haben? Was meint ihr? Mehr als zwei Liter?«

Ich lachte und versuchte auf diese Weise, die Stimmung ein wenig aufzulockern. Aber Fehlanzeige. Meine Familie wollte sich davon partout nicht anstecken lassen. Ein weiteres Indiz dafür, wie sehr ich auf dem Holzweg war.

Und als hätte ich es nicht selbst schon geahnt, bestätigte mir meine Mum schließlich auch noch meine aufkommende Vermutung.

»Granny hat zuletzt einen Scherz gemacht, als die Queen den Thron bestiegen hat, Jason. Ich muss dir sicher nicht sagen, dass das weit vor deiner Geburt war.«

Dad schüttelte ebenfalls den Kopf.

»In vertragliche Verhandlungen geht deine Granny seit jeher nur stocknüchtern, mein Junge. An solchen Tagen gibt es im ganzen Haus keinen Schluck Whiskey. Erst später, wenn alles unter Dach und Fach ist, wird der Vertrag besiegelt. Keine Sekunde früher.«

Trotz der Eindeutigkeit der Lage drängte sich mir nun die Frage auf, ob meine Familie allen Ernstes von mir erwartete, dass ich Beverly heiratete. Tatsächlich war sie ganz nett anzusehen, und auch ihre Whiskey-Kenntnisse waren nicht von der Hand zu weisen. Natürlich, sie war ja auch die Erbin der Bouvery-Destillerie und stammte damit aus einer ähnlich altehrwürdigen Whiskey-Dynastie wie ich selbst.

Allerdings hatte sie keinen Sinn für Humor und war furchtbar von sich eingenommen. Außerdem hatte sie, soweit mir das bekannt war, einen festen Freund. Wie hieß der Kerl noch gleich? Callum? Cameron? Campbell? Mir wollte es nicht einfallen.

»Und jetzt?«, fragte ich schließlich und sah in sechs betretene Gesichter.

Eine Antwort blieben sie mir schuldig.

»Das könnt ihr vergessen. Beverly? Nein! Ich werde auf gar keinen Fall eine Frau heiraten, die ich nicht liebe. Da kann sich Granny auf den Kopf stellen. Diese Entscheidung ist final. Hört ihr? Sie ist final. Aus. Ende. Basta. Und vorbei.«

Meine kleine Schwester legte mir ihre Hand auf den Arm, um mich zu beruhigen. Aber der Zeitpunkt, an dem ich mich noch hätte beruhigen können, war längst überschritten.

»Wenn du nicht heiratest ...«, warf Tante Cybill in den Raum.

»... dann wird sie das Familienunternehmen verkaufen.«

Ich gab einen spöttischen Laut von mir. Meine Granny hing viel zu sehr an ihrer Whiskey-Brennerei, als dass sie sie dem Höchstbietenden einfach so verkaufen würde. Das mussten doch auch die anderen wissen.

»Granny liebt ihre Firma«, appellierte ich ein letztes Mal an den gesunden Menschenverstand meiner Familie.

»Sie ist aber auch eine Frau mit Ehre im Herzen, mein Junge. Granny wird nicht vertragsbrüchig. Davon kannst du ausgehen. Sie steht zu ihrem Wort. Die Bouverys werden sich freuen«, resümierte Dad und überflog dabei ein Schreiben, in das er schon zuvor immer wieder einen Blick geworfen hatte.

Seine kleine Nickelbrille glitt dabei jedes Mal ein Stück weiter an seiner Nase herunter, bis sie letztlich an deren Spitze angekommen war.

»Was haben denn die Bouverys damit zu tun?«, hakte ich nach.

Dad nahm die Brille von der Nase.

»Nun, falls Beverly und du nicht bis Ende des Monats eure Verlobung bekannt gebt und ihr im Anschluss daran nicht heiratet, bekommen die Bouverys unsere Firma für einen Spottpreis überschrieben.« Dann hob er wie zur Untermalung seiner Worte das Schriftstück in die Höhe. »Steht alles hier drin.«

»Zeig her!«, forderte ich ihn auf und riss ihm dabei den Schrieb aus der Hand.

Ich konnte einfach nicht glauben, dass meine Granny einen solchen Vertrag aufsetzen und dann auch noch unterschreiben würde. Was sollte sie bloß dazu veranlassen, so zu handeln? Das war doch Irrsinn!

Hektisch überflog ich das Papier auf der Suche nach besagter Stelle. Und tatsächlich. Es stand alles so geschrieben, wie Dad es in den vergangenen Minuten ausgeführt hatte. Alles. Wort für Wort.

»Habt ihr die Unterschrift auf ihre Echtheit hin überprüft?«

Ein letzter Funke Hoffnung war mir noch geblieben.

»Ja. Schon längst. Das haben wir gleich veranlasst, als wir von dem Schreiben Kenntnis erhalten haben«, sagte mein Dad und pustete damit die letzte noch glimmende Glut aus.

Mein Schicksal war besiegelt.

Kapitel 3

Anna

Vorsichtig betastete ich mit meinen nackten Füßen den feinen weißen Sandstrand. Ganz so, als könnte sich mit der ersten zaghaften Berührung ein riesiges Loch unter mir auftun und mich mit sich in die Tiefe reißen.

»Was ist mit Max und dir?«, lenkte Lara meine Gedanken in eine andere, jedoch nicht minder tiefgründige Richtung.

Seufzend blickte ich hinaus aufs türkisblaue Meer und blieb mit meinem Blick am Horizont hängen. Die Linie zwischen Himmel und Wasser war gut erkennbar und unverrückbar. Wenn es doch im Leben auch so einfach wäre, die Dinge klar voneinander abzugrenzen.

Eine kreischende Möwe stürzte sich auf ein Croissant, das einer der Badegäste verloren hatte. Kaum dass sie sich den Leckerbissen geschnappt hatte, waren schon zwei weitere Möwen gelandet, um ihr die Errungenschaft streitig zu machen. Ein Kampf entbrannte zwischen den dreien. Von Teilen hatten die definitiv noch nichts gehört.

»Ja, wie gesagt, Max wünscht sich eine offene Beziehung«, wiederholte ich das, was ich Lara bereits am heutigen Morgen in meinem Zimmer offenbart hatte.

Denn irgendwie schämte ich mich für die Tatsache, dass mein Freund mir diesen Vorschlag unterbreitet hatte. Sagte es nicht alles darüber aus, wie es um uns beide stand? Und führte es mir nicht offenkundig vor Augen, dass ich auf ganzer Linie versagt hatte, wenn ich es nicht mal schaffte, meinen Freund an mich zu binden, ohne dass er gleichzeitig noch mit anderen Frauen in die Kiste springen wollte?

»Was hast du ihm darauf gesagt?«

Bevor ich Lara antworten konnte, vergrub ich meine Füße im Sand. Es fühlte sich gut an, die vielen winzigen Körner auf der Haut zu spüren. Mich zu spüren. Gleichzeitig wurde ich mir jedoch der Tatsache bewusst, dass das hier kein Traum war, aus dem ich jeden Moment aufwachen würde. Nein, das war mein Leben.

Ein Leben, in dem ich schleunigst damit beginnen musste, Entscheidungen zu treffen.

»Ich habe gesagt, ich brauche Bedenkzeit, denn ich bin mir nicht sicher, ob ich mir unter diesen Umständen eine Beziehung überhaupt noch vorstellen kann. Aber ihm ist wahrscheinlich nicht klar, was ich damit meine.« Ich verdrehte die Augen, als ich an dieses unsägliche Gespräch dachte. »Weißt du, was er gesagt hat? Okay, dann lass uns doch eine Auszeit nehmen, und jeder ist unterdessen frei, auszuloten, wo seine Grenzen liegen. Du liebe Güte. Als ob er diese Grenze nicht längst überschritten hätte!«

»Deshalb das Sabbatical?«, fragte Lara vollkommen folgerichtig nach.

Ich nickte, nahm einen Kieselstein vom Boden auf und warf ihn ins Meer. Warum konnte ich dasselbe nicht auch mit meinem seelischen Ballast machen? Schön zu einem Bündel zusammengepackt und in hohem Bogen ins offene Meer geschleudert, wäre er mir am liebsten.

»Ich verstehe«, meinte Lara und war mir damit kilometerweit voraus.

Ich verstand nämlich nach wie vor nicht, wie Max mir einen solchen Vorschlag überhaupt unterbreiten konnte. Er musste doch wissen, wie sehr mich das verletzen würde. Oder? Und ich verstand erst recht nicht, warum ich, kaum in Neuseeland angekommen, mit Jason genau das tat, was Max vorgeschlagen hatte, und wovor ich doch geflüchtet war. Vielleicht war das ja eine Trotzreaktion gewesen. Allerdings war das Ganze ganz und gar nicht so unverbindlich, luftig und leicht ausgegangen, wie Max sich so eine kleine Affäre vielleicht vorstellte. Ich konnte das so nicht. Mich hatte es gleich richtig erwischt.

»Was willst du jetzt tun?«

Lara wusste schon immer die richtigen Fragen zu stellen.

Und sie hatte recht. Ich musste mich langsam, aber sicher den quälenden Fragen in meinem Leben stellen. Aber das war nicht so einfach.

Zeit meines Lebens hatten andere Entscheidungen für mich getroffen. Ob der Klavierunterricht oder später das

BWL-Studium — alles hatte dazu geführt, dass ich der Mensch geworden war, der ich heute nun mal war.

Während andere ständig ihren Kleiderschrank ausmisteten, um Platz für Neues zu machen, war ich eher beständig. Es fiel mir schwer, mich von Dingen und Menschen loszusagen, auch wenn ich genau wusste, dass sie nicht gut für mich waren.

Selbstbestimmt mein Leben zu leben, war etwas, was ich mir schon immer gewünscht hatte. Früher hatten meine Eltern vorgegeben, was richtig und was falsch war. Sie hatten mich in eine ganz bestimmte Richtung gedrängt, und irgendwann hatte ich schließlich die falsche Abzweigung gewählt. Nun wollte es mir einfach nicht mehr so recht gelingen, mein Leben selbst in die Hand zu nehmen.

»Ich habe keinen blassen Schimmer«, erklärte ich und zwang mich dabei, Lara anzusehen, um ihre Reaktion auf meine Worte nicht zu verpassen.

Doch Lara sah mich weder vorwurfsvoll noch enttäuscht an. Auch Mitleid mischte sich nicht in ihre Miene. Nein, sie lächelte.

»Ich freue mich riesig, dass du zu mir gekommen bist, Anna. Du kannst dir gar nicht vorstellen, wie sehr.«

Und während ich noch darauf wartete, dass ein Aber folgte, nahm sie mich so fest in ihre Arme, dass ich erleichtert an ihrer Schulter Halt fand. Es tat mir gut, so bedingungslos von meiner besten Freundin geliebt zu werden. Es war ein schönes Gefühl, willkommen zu sein, ohne eine Gegenleistung erbringen zu müssen.

»Danke dir«, sagte ich schließlich, als wir uns wieder voneinander lösten.

»Wofür denn? Dafür, dass ich mich ganz egoistisch darüber freue, dass du Neuseeland hast sausen lassen und zu mir gekommen bist?«

Lara lachte und lief dabei am Strand entlang. Ich folgte ihr bereitwillig. Bisher hatte ich nur dagestanden und darauf gewartet, dass sich der Boden unter meinen Füßen auftat, um mich zu verschlingen. Aber was, wenn er das überhaupt nicht tun würde?

Die Möwen hatten in der Zwischenzeit das Croissant in all seine Einzelteile zerfleddert und waren dann davongeflogen, um sich etwas anderes Essbares zu suchen. Eine kühle Brise wehte vom Meer aufs Land zu, sodass ich das Tuch, das ich mir über die Schultern gelegt hatte, enger um den Körper schlang.

Die Sonne würde in den nächsten Minuten im Meer versinken und dabei eine Erinnerung in mir wachrütteln, die ich lieber schnellstmöglich vergessen würde. Jasons Lächeln stahl sich in meine Erinnerung. Mein Herz zog sich dabei schmerzvoll zusammen.

Ob es ihm wohl gut ging? Warum war er so abrupt verschwunden, ohne Lebewohl zu sagen? Warum hatte er mir nicht gesagt, dass er abreisen musste? Was war vorgefallen, dass die Blase, in der wir in dieser kurzen gemeinsamen Zeit gelebt hatten, zerplatzt war?

»Schön hast du es hier«, wechselte ich das Thema und schüttelte meinen Kopf ein wenig, um die Gedanken darin neu zu ordnen.

Laras Gesicht strahlte vor Freude. Sie wirkte so glücklich und gelöst, wie ich sie in den vergangenen Jahren nicht gesehen hatte. Und das Glück, das sie hier bei Cailan gefunden hatte, stand ihr offen ins Gesicht geschrieben. Wie wundervoll!

»Ich kann es noch gar nicht so recht glauben, dass ich jetzt jeden Morgen am Clachtoll Beach aufwachen darf. Manchmal muss ich mich regelrecht kneifen, um mir selbst zu bestätigen, dass ich nicht träume. Dabei ist das hier doch der reinste Traum. Ein wahr gewordener Traum.«

Ich freute mich ehrlich für meine beste Freundin. Lara hatte dieses Glück wahrlich verdient. Denn neben ihrem unmöglichen Ex hatten ihr auch ihre Eltern das Leben nicht besonders einfach gemacht. Ganz im Gegenteil.

Sie nun so gelöst und befreit zu erleben, war die reinste Wohltat. Ein wenig hoffte ich in diesem Moment sogar, dass ihr Glück auf mich abstrahlte. Man sollte die Hoffnung ja nie aufgeben.

»Es tut mir leid! Ich schwärme dir von meinem perfekten Leben vor, während deines gerade in Trümmern liegt. Was bin ich nur für ein Mensch?«

Schon im nächsten Moment stand Lara ganz dicht bei mir und nahm mich in die Arme.

»Ach, Quatsch! Ich freue mich doch mit dir. Ganz ehrlich! Ich bin froh, dass du es so gut getroffen hast und endlich dein Happy End gefunden hast. Du bist mein Vorbild.«

Lara lachte laut auf, kaum dass ich geendet hatte.

»Ich und ein Vorbild? Wohl kaum!«

Ich nickte, während wir wieder ein paar Meter am Strand entlangliefen und die Atmosphäre, den Wind und die im Wasser versinkende Sonne genossen.

»Doch, doch. Ganz sicher sogar. Du hast gewagt und auf ganzer Linie gewonnen. Du bist unglaublich mutig, Lara. Ich bin furchtbar stolz auf das, was du in den letzten Monaten geschaffen hast.«

Bei meinen Worten schwammen die Augen meiner Freundin in Tränen.

»Weißt du«, begann sie und hielt dann kurz inne, »als ich hier am Clachtoll Beach ankam, hätte ich nie gedacht, dass ich länger bleiben würde als die veranschlagten zwei Wochen Urlaub, die ich hatte. Manchmal nimmt das Leben selbst das Ruder in die Hand, und wir sitzen im Boot und starren wie gebannt auf die Route, die es einschlägt.«

»Ja, vielleicht. Vielleicht hast du aber auch einfach ein paar sehr weise Entscheidungen für dich und deine Zukunft getroffen«, gab ich zu bedenken.

Lara schien über meine Worte nachzudenken.

»Was hast du denn jetzt für Pläne?«, fragte sie mich plötzlich.

Ich zuckte mit den Achseln und schaute zurück zu dem Cottage, in dessen Dachboden ich mich in den letzten Tagen verkrochen hatte.

»O nein!«, kommentierte Lara meinen Blick zum B&B. »Das kommt gar nicht in die Tüte. Du wirst auf keinen Fall so weitermachen wie bisher. Hörst du?«

Drohend hob sie ihren Zeigefinger in die Höhe, um mir klarzumachen, wie ernst es ihr damit war.

Auch wenn es die einfachste Lösung für mich war, in meinen gewohnten Trott zurückzugehen, wusste ich doch, dass ich nach vorn blicken und mich auf ein neues und ganz anderes Leben vorbereiten sollte. Eines, in dem ich die erste Geige spielte und in dem ich entschied, was richtig und gut für mich war.

»Zunächst brauchst du vielleicht einfach ein bisschen Ablenkung. Am Wochenende finden in Muir of Ord Highland Games statt. Sagt dir das was?«

Vor vielen Jahren hatte ich mal eine Reportage darüber gesehen, wie gestandene schottische Männer Holzstämme durch die Gegend warfen und dabei einen Kilt trugen. Wirklich beschäftigt hatte ich mich mit dem Thema nicht. Ich wusste nur, dass es sich bei diesen Spielen in der Vergangenheit um eine Art Clan-Messen gehandelt hatte.

»Ich habe schon mal davon gehört«, berichtete ich also.

»Schottlands Highland Games sind meist eintägige Veranstaltungen, die überall im Land stattfinden. Dabei geht es um traditionelle Highland-Sportarten wie Baumstammwerfen, Tauziehen und Hammerwerfen. Es gibt auch Highland-Tänze, Musik und Unterhaltung für die ganze Familie, zum Beispiel mit Essens- und Kunsthandwerksständen sowie Spielen. Einige Veranstaltungen bieten abends zusätzlich Livemusik, Ceilidhs und Discos.«

»Ceilidhs? Du sprichst wie eine Schottin. Was soll das denn sein?«

Lara lachte und errötete leicht.

»Darunter versteht man eine Party«, erklärte sie mir.

»Das klingt toll. Ich weiß nur nicht, ob ich dafür in der richtigen Stimmung bin. Ich will euch mit meiner schlechten Laune nicht die Freude darauf vermiesen.«

Lara legte ihre Hand auf meinen Oberarm und sah mich warmherzig an.

»Du wirst uns nicht die Laune verderben, weil du selbst viel Spaß haben wirst. Ganz sicher sogar! Hast du schon mal was vom Haggis Hurling gehört?«

Lara sah mich erwartungsvoll an.

»Haggis? Meinst du diese schottische Spezialität, die aus Schafsinnereien besteht?«

Lara nickte begeistert.

»Das schleudern die bei den Highland Games durch die Luft«, erklärte sie mir lachend auf meinen verdutzten Gesichtsausdruck hin.

»Bitte was?«, hakte ich ungläubig nach.

Lara stand kopfnickend vor mir.

»Wenn ich es dir doch sage. Es wird das reinste Fest. Und du wirst gar keine Zeit haben, dir Sorgen über irgendetwas zu machen. Das wird toll. Cailan hat sich zum Baumstammwerfen angemeldet. Leonore wird beim Kopfnagelspiel antreten. 1975 war sie in dieser Disziplin eine landesweite Meisterin.«

Bei Laras Worten kam ich nicht umhin, sie verwundert anzustarren.

Leonore war eine ältere Dame, die Cailan und ihr dabei half, das B&B zu führen. Sie kümmerte sich dabei vorwiegend um die Küche und das leibliche Wohl der Gäste, stand aber auch sonst mit Rat und Tat zur Seite. Eine wirklich nette und herzensgute Frau. Ich mochte sie sehr gerne, aber ich konnte mir gar nicht vorstellen, dass sie sich bei diesen wilden Spielen ins Getümmel stürzen würde.

»Nimmst du auch daran teil?«, wollte ich schließlich wissen.

Lara schüttelte den Kopf.

»Nein, ich werde mir das in diesem Jahr erst mal in Ruhe aus gebührendem Abstand ansehen. So ganz geheuer sind mir die Sitten der Schotten noch nicht. Aber sag das bloß nicht Cailan. Er ist Schotte durch und durch. Ein schlechtes Wort über seine geliebten Highland Games und der Haussegen hängt schief.«

Lara lachte und ich fiel mit ein.

Mit meiner besten Freundin an meiner Seite fühlte sich alles so viel leichter an. Ich wusste schon, warum ich ausgerechnet zu ihr gekommen war. Nirgends sonst würde ich mich gerade wohler fühlen können als bei ihr.

»Ich verspreche dir hoch und heilig, dass ich Cailan gegenüber nichts davon erwähnen werde.« Bekräftigend hob ich eine Hand zum Schwur. »Und ja, ich werde mit euch mitgehen. Das hört sich nach einer Menge Spaß an. Ein bisschen Abwechslung kann mir nicht schaden. Und wer weiß, vielleicht finde ich dort ja einen netten Schotten.«

Kapitel 4

Jason

»Wo ist Granny? Müsste sie nicht langsam fertig sein?«

Theres blickte die riesige steinerne Treppe unseres Herrenhauses hinauf und wartete ungeduldig darauf, dass unsere Großmutter auf der Empore erschien.

Als Chieftain der hiesigen Highland Games war es unabdingbar, dass wir endlich loskamen. Schließlich musste Granny die Spiele eröffnen. Ohne sie herrschte Stillstand. Sie wusste das. Wir wussten das. Und dennoch genoss sie es jedes Jahr aufs Neue, alle warten zu lassen.

»Wenn sie nicht in den nächsten fünf Minuten runterkommt, dann gehe ich hoch und …«, sagte Tante Cybill, ehe sie mitten im Satz unterbrochen wurde, als Granny majestätisch wie die Queen persönlich auf der Treppe erschien.

»Du siehst bezaubernd aus«, wechselte Tante Cybill von der Offensive in die Defensive und lächelte dabei wie ein grenzdebiler Pudel, dem die Zunge schlaff aus dem Maul hing.

Meine Familie war wahrlich nicht besonders standhaft, was die eigene Meinung anbelangte. Zumindest dann nicht, wenn unser Oberhaupt – also Granny – nicht einverstanden war.

»So, findest du?«, erwiderte Granny und machte dabei ein griesgrämiges Gesicht, während sie Stufe für Stufe nach unten zu uns in die Eingangshalle schritt.

Sie mochte es nicht besonders, wenn man ihr Komplimente machte. Tante Cybill wusste das, ebenso wie der Rest der Familie. Doch so manches Mal kam man nicht umhin, ihr Honig ums Maul zu schmieren. Ganz besonders dann nicht, wenn man zu befürchten hatte, dass sie einen auf ihrer Abschussliste platzieren würde.

Granny war eine resolute Unternehmerin, die nicht zwischen familiären Banden und wirtschaftlichen Entscheidungen unterschied. Für sie hatte alles in Einklang zu stehen.

»Gut siehst du aus, Jason. Das wird heute eine tolle Veranstaltung werden. Da bin ich mir sicher.«

Granny stand vor mir und begutachtete mich genauestens. Dabei zog sie mir die Krawatte zurecht, die ich auch mit meinen dreißig Jahren noch nicht ordnungsgemäß binden konnte. Lag wohl daran, dass ich ihn viel lieber gegen einen Neoprenanzug eingetauscht hätte.

»Danke dir«, sagte ich artig, auch wenn ich nach wie vor innerlich mit mir rang, ob es wirklich die richtige Entscheidung war, mich heute auf den Highland Games mit Beverly zu verloben.

Nicht, dass mir Granny eine Wahl gelassen hätte. Nein, sie hatte es angeordnet, und der Rest der Familie musste jetzt alles dafür tun, dass ihr Wunsch in die Tat umgesetzt werden konnte.

So funktionierte das bei uns. Und bisher hatten auch alle ihren Befehlen immer Folge geleistet.

Denn seit Grandpa vor rund fünfunddreißig Jahren gestorben war, war Granny nicht nur Cieftain der Highland Games, sie war auch das unbestrittene Familienoberhaupt der McCallisters.

Das erste Mal, seit ich in diese Familie hineingeboren worden war, spielte ich jedoch mit dem Gedanken, mich den Anweisungen meiner Großmutter zu widersetzen und mein eigenes Ding zu machen.

Das hieß in meinem besonderen Fall, Beverly nicht zu heiraten. Denn ich wollte Beverly nicht heiraten. Wir mochten uns nicht besonders. Nicht mal eine Zweckehe konnte ich mir mit ihr vorstellen. Wie sollte so was funktionieren? Als rein geschäftlichen Interessen untergeordnetes Arrangement? Inzwischen hatte ich ganz andere Vorstellungen von einer perfekten Beziehung. Es gab da diese Frau, die ich in Neuseeland kennengelernt hatte. Eine Deutsche. Anna …

»Können wir dann?«, fragte Granny und klatschte dabei in die Hände. »Ihr trödelt heute alle wieder dermaßen, dass ich befürchten muss, doch noch zu spät zu kommen. Hopp, hopp! Worauf wartet ihr denn alle?«

Meine Eltern hatten mit gebührendem Abstand an der Seite gestanden und nur auf ihr Kommando gewartet. Auch meine Cousine stand bei ihnen.

»Wir kommen schon«, flötete mein Dad und setzte sich augenblicklich in Richtung Tür in Bewegung, um diese für Granny zu öffnen.

»Ist der Rolls vorbereitet?«

Dad wich bei ihrer Frage alle Farbe aus dem Gesicht.

»Du wolltest doch den alten Mercedes«, wagte er es, ihr zu widersprechen.

»Jason, steht dein Wagen in der Nähe? Könntest du uns beide fahren?«

Irritiert sah ich von ihr zu den anderen. Mum nickte mir auffordernd zu.

Noch nie zuvor hatte Granny mich gebeten, sie zu fahren. Für gewöhnlich tat das der Fahrer, der extra für diesen Job angestellt worden war. Dass heute etwas in der Luft lag, schien offenkundig. Und es lag mit Sicherheit nicht daran, dass Granny spontan dem Rolls Royce anstatt dem Mercedes Cabriolet den Vorzug gegeben hatte.

»Aber natürlich doch, Granny«, beeilte ich mich zu sagen und Mum damit die Sorgenfalte von der Stirn zu fegen.

Mit einem Lächeln auf den Lippen hakte sich Granny bei mir unter und ging gemeinsam mit mir auf die Tür zu, die Dad geöffnet hielt.

Als ich ihn passierte, zwinkerte er mir verschwörerisch zu. Es war ihm nicht leichtgefallen, mich mit den Formalitäten zu konfrontieren, die im Rahmen meiner Geburt mit den Bouverys geschlossen worden waren.

Ich wusste jetzt, dass er seit dem Tag, als besagter Vertrag unterzeichnet wurde, versucht hatte, Granny davon zu überzeugen, einen Auflösungsvertrag in die Wege zu leiten. Doch meine Großmutter war standhaft geblieben und hatte ihn meistens gar nicht erst ausreden lassen.

Trotz des Ergebnisses war ich ihm sehr dankbar für seine Bemühungen.

Schon im nächsten Moment standen wir an meinem Porsche, dessen Beifahrertür ich augenblicklich für Granny öffnete. Allerdings machte sie keine Anstalten einzusteigen. Zumindest nicht auf dieser Seite.

»Wo sind denn die Schlüssel?«, fragte sie stattdessen und hielt mir dabei ihre ausgestreckte Handfläche entgegen.

»Willst du etwa selbst fahren?«

Nie zuvor hatte ich sie am Steuer eines Wagens gesehen. Folglich musste ihre letzte Spritztour schon eine ganze Weile zurückliegen. Ich wusste, dass es nicht gut war, Granny etwas zu verwehren, was sie gerne haben wollte. Ich hing allerdings auch an meinem Wagen. Er war noch ganz neu und wies bislang keinen einzigen Kratzer auf. Und an meinem Leben. An dem ganz besonders. Auch wenn es gerade mächtig kompliziert war.

»Was dagegen?«, stellte sie mir eine Gegenfrage und blick-te mich dabei nach wie vor erwartungsvoll an.

Etwas widerwillig legte ich ihr den Bund schließlich in die Hand.

Mit einem triumphierenden Blick ging sie auf die andere Seite des Wagens und stieg ein, ohne dass ich ihr vorher die Tür geöffnet hätte. So perplex war ich.

»Worauf wartest du?«, giftete sie mich an, als ich nach wie vor keine Anstalten machte, im Wagen Platz zu nehmen.

Mein Blick ging zurück zum Haus, wo der Rest meiner Familie in der Haustür stand und mir bedeutete, endlich einzusteigen. Was wurde hier bloß gespielt?

»Geht doch«, kommentierte Granny, als ich mich neben ihr im Wagen niederließ.

Bisher hatte ich in meinem Porsche noch nie auf der Bei-fahrerseite gesessen. Ein mulmiges Gefühl beschlich mich. Denn einerseits konnte ich überhaupt nicht einschätzen, wie gut meine Großmutter fahren konnte. Und andererseits war ich – egal bei wem – ein unglaublich schlechter Beifahrer.

Ich hielt die Zügel eben gern selbst in Händen.

Noch ehe ich mich angeschnallt hatte, drückte Granny das Gaspedal durch, und ich wurde begleitet von dem Aufheu-len des Motors hart in den Sitz gepresst. Mit so einem rasan-ten Fahrstil hätte ich definitiv nicht gerechnet. Aber Granny war immer für eine Überraschung gut.

Wir fuhren wie der geölte Blitz die lange Auffahrt von Ghaoth Castle hinunter. Der Staub, den wir dabei aufwirbelten, umhüllte den Wagen, sodass ich kaum noch etwas sehen konnte. Doch Granny machte keine Anstalten, den Fuß vom Gaspedal zu nehmen.

»Granny, vielleicht sollten wir ein bisschen langsamer fahren«, schlug ich vor.

Im Geiste ergänzte ich noch: *»Wenn wir lebend ankommen wollen.«*

»Ach, papperlapapp. Der Wagen hat mehr PS, als es in den Highlands Pferde gibt. Der schafft das.«

Der Wagen schon. Um den machte ich mir auch keine Sorgen.

»Junge, bevor ich gleich die Highland-Spiele eröffne, wollte ich noch mal in Ruhe mit dir über die Verlobung mit Beverly reden.«

Dafür hatte sich Granny weder den passenden Zeitpunkt noch den passenden Ort ausgesucht.

Denn während Granny augenscheinlich kein Problem damit hatte, wie eine Rennfahrerin die engen Kurven nach Muir of Ord zu nehmen, krallte ich mich voller Panik in der Halterung oberhalb des Fensters fest und betete inständig zu Gott, er möge uns das hier heil überstehen lassen. Dabei hatte ich schon seit Jahren nicht mehr mit ihm gesprochen.

»Die Bouverys sind eine sehr einflussreiche Familie. Französisch. Aber einflussreich«, erklärte Granny und nahm dabei die nächste Kurve so schnell, dass ich befürchtete, wir würden jeden Augenblick im Straßengraben landen.

Zum Glück passierte nichts dergleichen. Stattdessen kam uns jedoch ein Traktor auf der viel zu engen Straße entgegen. Panisch schloss ich die Augen und widerstand dem Bedürfnis, Granny ins Lenkrad zu greifen.

Nach einigen Schocksekunden, in denen ich nicht zu atmen gewagt hatte, öffnete ich meine Lider wieder. Wie durch ein Wunder war der Traktor an uns vorbeigefahren und wir waren noch immer am Leben. Halleluja!

»Hörst du mir überhaupt zu?«, fragte Granny empört und löste dabei den Blick von der Straße vor ihr und sah mich geradewegs an.

Ich nickte vehement. Allein die Vorstellung eines Blindflugs führte dazu, dass mir ganz schlecht wurde.

»Die Bouverys und die McCallisters pflegen seit jeher gute geschäftliche Beziehungen zueinander. Und das trotz der Tatsache, dass wir Konkurrenten sind.«

Offenkundig war Granny der Überzeugung, sie würde mir etwas mit auf den Weg geben, das mein bisheriges Leben grundlegend verändern würde. Dazu brauchte es allerdings nicht die Spritztour samt Nahtoderfahrung in meinem Porsche. Nein, dazu reichte schon die Tatsache, dass sie mich dazu zwang, Beverly Bouvery zu heiraten.

Nach wie vor hatte ich mich noch nicht mit dem Gedanken anfreunden können. Beverly und ich kannten uns zwar schon unser ganzes Leben, aber wirklich befreundet waren wir nie gewesen.

Sie lebte ihr Leben und ich meins. Und bisher waren wir beide sehr gut damit gefahren.

»Ich verstehe«, behauptete ich und verkniff mir die Widerworte, die mir auf der Zunge lagen.

Statt sie laut auszusprechen, schluckte ich sie eilig wieder hinunter. Wer konnte schon wissen, ob sie mir sonst nicht in der nächsten scharfen Kurve aus dem Mund purzelten?

»Du verstehst rein gar nichts, mein Junge. Noch nicht. Aber das wird sich schon bald ändern. Nach der Hochzeit verwächst sich der jugendliche Leichtsinn. Danach können wir dann besprechen, wie es weitergehen wird.«

Granny sprach in Rätseln.

»Wie was weitergeht?«

Sie lachte.

»Ein Unternehmen muss geführt werden«, erklärte sie.

Offenbar war sie der Meinung, dass damit alles gesagt wäre.

»Vorsicht!«, schrie ich, als plötzlich eine Herde Schafe auf der Straße vor uns auftauchte.

Granny hielt noch immer mit mehr als hundert Sachen auf die Tiere zu. Ich verkrampfte meine rechte Hand regelrecht in der Halterung über meinem Sitz und war abermals versucht, die Augen zu schließen und das Beste zu hoffen.

Granny stieg derweil so schwer aufs Bremspedal, dass ich schon befürchtete, im nächsten Moment geradewegs durch die Windschutzscheibe auf die Schafe zuzufliegen.

Wie durch ein Wunder hielt der Wagen nur wenige Zentimeter vor den Tieren an. Während ich mein wild schlagendes Herz laut und deutlich hören konnte und ganz außer mir war vor Angst, ließen sich die Schafe durch uns kein bisschen aus dem Konzept bringen. Ganz im Gegenteil. Sie standen nach wie vor dicht gedrängt mitten auf der Straße beieinander.

Granny hupte einmal. Sie hupte ein weiteres Mal. Als sich auch nach dem dritten Mal nichts tat, sagte sie: »Jason, sei so lieb, mein Junge, und kümmere dich darum. Ja?«

Ohne mich dabei anzusehen, machte Granny mit einem Fingerzeig auf die Schafe vor uns deutlich, wo sie mein Betätigungsfeld sah.

Seufzend stieg ich aus dem Wagen. Der Rest meiner Familie war vermutlich noch fünf Meilen von uns entfernt. Granny war ihnen allen davongefahren, nur um jetzt von einer Schafsherde unfreiwillig ausgebremst zu werden. Das passte ihr nicht. Das passte ihr ganz und gar nicht.

Wild fuchtelnd stand ich also vor den Tieren, die mich nicht mal mit ihrem Allerwertesten anblickten, geschweige denn das taten, was ich von ihnen verlangte. Als weder gutes Zureden noch mit den Armen fuchteln half, die Schafe von der Fahrbahn auf die andere Seite zu bugsieren, schob ich eines der Viecher an. Doch bis auf ein angriffslustiges Blöken passierte rein gar nichts.

»Lass mich das mal machen, mein Junge«, erklärte Granny, die mir nicht mal bis zur Schulter ging.

In ihrem Chieftain-Anzug stand sie neben mir und besah sich die Lage noch einmal ganz genau, ehe sie zwei Finger in den Mund schob und einen lauten Pfiff von sich gab.

Schon im nächsten Moment hatte sie die Aufmerksamkeit der gesamten Herde. Alle Augenpaare waren auf sie gerichtet. Inklusive meinem.

Wie gebannt starrten wir sie an.

»Und jetzt geht ihr schön auf die andere Seite, ihr Lieben. Ja? Ich muss weiter. Und ihr wollt doch nicht, dass ich wegen euch zu spät komme. Oder?«

Ich wollte Granny schon auf den Umstand hinweisen, dass die Schafe kein Wort von dem verstehen konnten, was sie zu ihnen sagte. Doch wie durch ein Wunder setzten sich die Tiere nach ihrer kleinen Ansprache in Bewegung und überquerten die Straße. Auf der Wiese angekommen, ließen sie sich erst mal nieder. Was musste ein Schafsleben doch anstrengend sein.

»Das war …«, versuchte ich meine Verwunderung über das eben Geschehene in Worte zu fassen.

»Ich weiß«, erwiderte Granny und bedeutete mir dabei, in den Wagen zu steigen.

Ich folgte ihr auch ganz ohne Pfiff.

»Weißt du, Jason, man muss seine Angestellten mit einer liebevollen Hand führen. Das verleiht einem selbst Autorität. Und diese Autorität, mein Junge, wird von jedermann wahrgenommen. Und sei es nur ein Schaf.«

Noch ehe ich etwas auf ihre Worte erwidern konnte, startete sie den Motor und presste den rechten Fuß mit voller Kraft gegen das Gaspedal.

Kapitel 5

Anna

»Bist du so weit?«, fragte Lara, die auf der anderen Seite der Tür stand und darauf wartete, dass ich endlich herauskam.

»Ja. Gleich«, behauptete ich.

Dabei wusste ich nach wie vor nicht so recht, was ich anziehen sollte. Und das nicht, weil das Wetter unbeständig gemeldet worden wäre. Nein, ich hatte echte Probleme damit, eine Entscheidung zu treffen.

Schließlich war ich noch nie bei einem Highland Game gewesen. Was zog man dazu denn an? Eher schlicht und einfach oder doch lieber schick und festlich?

Mit einem dicken fetten Fragezeichen im Kopf starrte ich die Kleider an, die ich von meiner Neuseelandreise mit nach Schottland gebracht hatte. Die Masse war es nicht, die die Auswahl erschwerte, da ich als Backpackerin alle meine Habseligkeiten in meinem Rucksack transportiert hatte. Auf diese Weise wird man plötzlich sehr anspruchslos.

Während ich normalerweise ein Duschgel und ein Shampoo hatte, war ich auf meiner Reise zu einem Produkt übergegangen, das beides abdeckte.

»Kann ich dir irgendwie behilflich sein?«, bot Lara an, die bestimmt genau wusste, wie es gerade um mich stand.

Ich konnte das an der Art und Weise hören, wie sie mich fragte.

Seufzend bat ich sie herein.

»Wo liegt das Problem?«, fragte sie mich, kaum dass sie das Zimmer unterm Dach betreten hatte.

Ich deutete auf meinen Kleiderschrank, als wäre damit alles gesagt.

»Ich habe nichts anzuziehen.«

Lara legte den Kopf schief und ging dann hinüber zu der Auswahl, um sich einen Eindruck davon zu machen.

»Was ist mit diesem Jeansrock und der cremefarbenen Bluse mit dem Blumendruck darauf? Oder möchtest du lieber die schwarzen Leggins mit der Tunika kombinieren?«

Während ich fast eine ganze Stunde vor dem Schrank gestanden und mir den Kopf darüber zerbrochen hatte, was ich anziehen sollte, griff Lara ohne ein erkennbares Problem nach vier Kleidungsstücken, kombinierte sie miteinander und präsentierte mir nicht nur ein, sondern gleich zwei Outfits des Tages.

Ich mochte sie. Beide. Sehr sogar.

Gleichzeitig war ich enttäuscht darüber, dass mir diese Idee nicht selbst gekommen war. Dabei wusste ich allerdings genau, dass ich auch dazu in der Lage gewesen wäre. Zumindest dann, wenn ich mir nicht die ganze Zeit Gedanken darüber gemacht hätte, in welche Richtung mein Outfit gehen sollte.

Mit einem »Danke dir« nahm ich Laras Auswahl entgegen und versuchte mich zwischen den beiden zu entscheiden.

Es gelang mir nicht.

Beide waren schön und jedes hatte einen ganz eigenen Charme.

Meine Gedanken drehten sich. Ich musste dringend eine Entscheidung treffen. Schließlich warteten Leonore und Cailan bereits unten am Wagen auf uns. Warum zur Hölle fiel mir das nur so schwer?

Als ich mir keinen anderen Rat mehr wusste, zählte ich Ene mene miste ab und entschied mich schließlich für die Kombination mit dem Jeansrock.

»Soll ich dir die Haare hochstecken?«, fragte Lara, die Ruhe selbst.

»Bleibt dafür denn noch Zeit?«, erwiderte ich gehetzt.

Lara lachte.

»Es finden am ganzen Tag Spiele statt. Wir werden ohnehin nicht alles ansehen können. Dafür läuft viel zu viel parallel. Außerdem geht es doch darum, dass wir Spaß daran haben und nicht, möglichst viel zu erleben. Oder?«

Einfach nur Spaß klang wunderbar. Es klang nach Urlaub. Neuseeland. Jason …

Doch noch ehe ich wieder im Strudel der Erinnerungen davongefegt werden konnte, schüttelte ich leicht den Kopf und konzentrierte mich auf das Hier und Jetzt.

»Dann hätte ich gerne diese eine Frisur, die du mir früher immer gemacht hast. Die mit den gedrehten Haaren an der Seite und der Banane am Hinterkopf.«

Lara nickte lächelnd.

»Wie könnte ich die vergessen? Gefühlt habe ich dir die immer gemacht, wenn wir in die Disco gegangen sind. Das waren noch Zeiten!«

Lara schmunzelte und holte dann die Bürste mit Klammern und Haarnadeln aus dem angrenzenden Badezimmer.

Ich fragte mich derweil, ob ich in meiner Jugend wohl als langweilig betitelt worden war. Schließlich war es sicher nicht nur Lara aufgefallen, dass ich nicht besonders experimentierfreudig gewesen war, was mein Outfit oder meinen Look anbelangte.

War das vielleicht der Grund dafür, warum ich es, im Gegensatz zu meiner besten Freundin, oft schwerer hatte, einen Jungen kennenzulernen?

Lara kam zurück in den Raum und machte sich schon im nächsten Moment daran, mein braunes Haar zu kämmen und zu frisieren.

Ich spürte, wie ich mich nach und nach beruhigte, die Geschichten von früher hinter mir ließ und mich mehr und mehr darauf zu freuen begann, den heutigen Tag mit Lara, Cailan und Leonore in Muir of Ord verbringen zu dürfen.

Als Vorbereitung auf die Highland Games hatte ich ein wenig im Internet recherchiert und war zu dem Schluss gekommen, dass fast alles möglich war, aber jeder Ort sein eigenes Highland-Game-Süppchen kochte. Die Zutaten variierten mitunter, allerdings schien das dem Spaß daran keinen Abbruch zu tun. Ganz im Gegenteil.

»Ich bin dann so weit«, sagte Lara und riss mich dabei aus meinen Gedanken.

»Willst du dich noch im Spiegel ansehen gehen?«, fragte sie.

Ich schüttelte den Kopf.

»Ich weiß doch, wie gut du das immer gemacht hast. Früher. Ich vertraue dir.«

Augenzwinkernd fiel ich ihr in die Arme.

»Manche Dinge bleiben so, wie sie sind. Wie unsere Freundschaft. Und das freut mich sehr«, erwiderte Lara.

Egal, wie lange wir beide uns nicht gesehen oder gesprochen hatten: Kaum waren wir zusammen, war alles wie immer. Raum und Zeit hatten keinen Einfluss auf unsere Zuneigung. Das war eine wunderschöne Erkenntnis.

»Wir sollten langsam los«, erklärte ich mit leicht geröteten Wangen und löste mich dabei von Lara.

»Die anderen warten sicher schon.«

Die Fahrt nach Muir of Ord dauerte rund zwei Stunden. Zwei Stunden, in denen ich die vorwiegend grüne Landschaft an mir vorüberziehen sah.

Da wir durch das Landesinnere reisten, sah man weder das Meer noch die Küste. Dafür ging es in den Highlands so manches Mal bergauf und dann wieder bergab.

Schottische Hochlandrinder grasten neben der Fahrbahn. Schafe lagen faul im Gras und ließen sich von der Sonne das Fell wärmen. Desillusionierte Möwen kreisten über uns auf der Suche nach etwas Essbarem. Offenbar waren sie am Strand nicht fündig geworden.

Die Sonne schien mir direkt ins Gesicht und kitzelte mich an der Nase, während ich den blauen Himmel nach einer Wolke oder einem Flieger absuchte.

Leonore saß vorn bei Cailan, da sie dort am besten ihre Beine ausstrecken konnte. Lara und ich teilten uns wie früher, wenn wir von meinen Eltern zum Schwimmkurs oder in die Stadt zum Bummeln gefahren wurden, die Rückbank.

Im Gegensatz zu meinen Eltern hatten sich die von Lara schon früh getrennt. Manches Mal hatte ich mir gewünscht, auch meine Eltern hätten diesen Schritt gewagt. Vielleicht wären sie dann in so mancher Hinsicht nicht ganz so … verbissen gewesen und hätten sich anstatt auf mich auf sich selbst konzentriert.

Doch es war einfacher, die eigene Tochter herumzukommandieren und ihr immer neue Vorschriften zu machen, als sich mit seinem eigenen Leben auseinanderzusetzen und weitreichende, lebensverändernde Entscheidungen zu treffen.

Sosehr ich mir auch damals manches Mal gewünscht hätte, sie hätten sich getrennt, so genau wusste ich nun, wie schwer es war, das alte Leben hinter sich zu lassen und noch mal ganz von vorn zu beginnen.

»Ich bin total gespannt, was ihr beiden von den Highland Games halten werdet«, sagte Leonore, als wir nur noch knapp eine halbe Stunde Fahrt vor uns hatten.

»Das wird bestimmt ganz wundervoll.« Lara lächelte.

»Ich bin schon sehr gespannt darauf«, war meine Antwort.

Es stimmte jedoch nicht ganz. Denn im Grunde war ich noch gar nicht bereit, mich in eine Veranstaltung zu stürzen, auf der sich Hunderte, wenn nicht sogar Tausende Menschen tummelten.

Bis vor einer Stunde hatte ich die Einsamkeit bevorzugt. In knapp dreißig Minuten würde es mit der friedlichen Ruhe zu Ende sein. Ich würde anfangen müssen, mich wieder mit dem auseinanderzusetzen, was man Leben nannte. Und mir graute ein wenig davor.

Denn auch wenn ich wusste, dass ich die Stopp-Taste nicht länger drücken durfte, war ich noch nicht so weit, auf Play zu klicken und alles wieder in Gang zu setzen.

München. Mein Job bei der Hambüchner AG. Max.

»Ich möchte mich schon jetzt für meine Landsleute, besonders die Männer, entschuldigen.«

Cailan sah mich über den Rückspiegel geradewegs an.

»Oh, wie meinst du das denn?«, hakte ich ein wenig verunsichert nach.

Bis vor seiner Ankündigung war ich davon überzeugt gewesen, dass ich zu dem Event fahren, mich dort umsehen und am Abend wieder zurückfahren würde. Cailans Aussage ließ mich jedoch Schlimmes befürchten.

Er lachte.

»Nun, eine der größten Whiskey-Brennereien des Landes ist Sponsor der Spiele in Muir of Ord. Du kannst dir sicher vorstellen, dass es bei diesen Highland Games feuchtfröhlich zugehen wird.«

Lara und ich tauschten Blicke.

Das Letzte, was ich mir von diesem Tag erwartete, waren noch mehr Männer, die mein Leben verkomplizieren konnten. Dafür hatte ich schon Max und Jason. Und mit beiden war ich mehr als überlastet.

»Cailan übertreibt maßlos«, behauptete Leonore. »Die meisten Menschen dort wollen einfach eine gute Zeit verbringen. Da gehört es doch dazu, dass man auch neue Leute kennen- und vielleicht lieben lernt. Das ist überall im Land so. Whiskey-Brennerei hin oder her. Der Whiskey lockert vielleicht die Zunge, aber was ihr jungen Leute dann daraus macht, ist eure Sache.«

Kapitel 6

Jason

»Herzlich willkommen zu den diesjährigen Highland Games in Muir of Ord«, begrüßte Granny gerade die anwesenden Teilnehmer und Zuschauer.

Mir war von der rasanten Fahrt ein wenig schlecht. Meine Knie wollten nicht aufhören zu zittern, und mein Magen schien sich noch uneinig mit sich selbst darüber zu sein, ob er das Frühstück bei sich behalten wollte.

Granny wirkte im Gegensatz zu mir wie das blühende Leben. Dort oben auf der Bühne war sie ganz in ihrem Element. Die Leute hörten ihr mucksmäuschenstill zu und hingen wie gebannt an ihren Lippen.

Dabei gab es nichts weltbewegend anderes zu erzählen als in all den Jahren zuvor. Nach der Begrüßung folgte wie immer ein Hinweis darauf, dass überall auf dem weitläufigen Gelände, das sich im Familienbesitz befand, Schilder aufgestellt worden waren mit der Ankündigung, welche Disziplin wann wo standfinden würde.

Dass wir seit einigen Jahren auch eine eigens für diese Spiele entwickelte App zur Verfügung stellten, erwähnte sie jedoch nicht. Nicht, weil sie eine Gegnerin von neuen Errungenschaften technischer Natur gewesen wäre. Nein, ganz im Gegenteil. Granny hatte bereits ein Handy besessen und

Zugang zum Internet gehabt, als viele Stimmen laut proklamierten, dass sich das bestimmt nicht durchsetzen würde.

Granny hatte nur so ihre Probleme damit, Traditionen von technischen Errungenschaften abschaffen zu lassen.

Ihrer Meinung nach wussten die jungen Leute sowieso von der Möglichkeit, die App zu nutzen. Schließlich wurde auf der Homepage, auf der man sich für das Event des Jahres in Muir of Ord anmelden konnte, groß dafür geworben. Und die Alten, für die man in letzter Zeit viel zu wenig übrig hatte, verdienten am heutigen Tag ganz besondere Fürsorge in ihren Augen.

Ob sie mir und dem Rest der Familie damit einen Wink geben wollte?

»Sag mal, kann es sein, dass du dich vor mir versteckst?«

Wie aus dem Nichts tauchte Beverly neben mir auf.

Ich hatte nicht mal die rasante Fahrt mit Granny in meinem beinahe noch jungfräulichen Porsche verdaut, da wartete schon das nächste Desaster auf mich.

»Hallo, Beverly«, begrüßte ich sie, ohne auf ihre Spitze einzugehen.

»Na, na, hast du nicht mal ein Küsschen für deine Verlobte übrig?«

Beverly stemmte ihre Hände pikiert in die Seiten und sah mich dabei mit einer Mischung aus Vorwurf und Enttäuschung an.

»Noch sind wir nicht offiziell verlobt, meine Liebe. Wir sollten uns das Beste bis zum Schluss aufheben. Findest du nicht auch?«

Fand sie nicht. Darüber gab mir ihr Gesichtsausdruck hinreichend Auskunft. Aber das kümmerte mich im Moment nicht weiter. Schließlich war die Verlobung mit Beverly nicht mehr als eine wirtschaftliche Entscheidung.

Aus Liebe zu heiraten, stand nicht jedem frei. Damit hatte ich mich arrangiert. Zumindest für den Moment. Eine Ehe konnte auch wieder geschieden werden. Und ich würde alles daransetzen, dass dieser Zeitpunkt nicht allzu lange auf sich warten lassen würde.

»Pf. Warum das Unausweichliche aufschieben?«, Beverly spitzte dabei die Lippen.

Tosender Applaus brandete auf. Granny hatte ihre Rede beendet und stieg von der Bühne herab. Dad reichte ihr die Hand, die sie jedoch ausschlug. Sie war vielleicht alt, aber sie wollte in der Öffentlichkeit nicht als gebrechlich gelten.

Die Inhaberin einer Whiskey-Brennerei musste in ihren Augen Souveränität und Gesundheit ausstrahlen. Auf Hilfe angewiesen zu sein, war etwas, was für Granny mit einer Bankrotterklärung gleichzusetzen wäre.

»Deine Großmutter hält die Familienbande also nach wie vor fest zusammen?«, fragte Beverly mit einem leicht süffisanten Unterton in der Stimme.

In ihrer Familie hatten ihre Großeltern das Zepter längst an die nächste Generation übergeben. Doch auch das änderte nichts daran, dass Beverly nun neben mir stand und mich in absehbarer Zeit heiraten würde.

»Was sagt Cameron eigentlich zu ... unserem Abkommen?«

Beverly räusperte sich.

»Er versteht es«, behauptete sie.

Ich würde es definitiv nicht gutheißen, wenn meine Freundin einen anderen Mann heiraten würde. Aus welchen Gründen auch immer.

»Na, da scheint dein Cameron ja ein total großherziger Kerl zu sein. Glückwunsch, meine Liebe. So was findet man heute nur noch sehr selten«, verspottete ich sie. Und ihn.

Hätte ich mir doch zumindest von einem liebenden Paar mehr Gegenwehr in dieser Angelegenheit gewünscht. Aber Beverly schienen ähnlich wie mir die Hände gebunden zu sein.

»Ach, tu doch nicht so. Wenn du eine Freundin hättest, wäre die Situation sicher auch ... schwierig.«

Beverly giftete mich in einem Moment an und lächelte dann mit der Sonne um die Wette, als Granny uns passierte. Dass sie einen Hofknicks machte, hätte noch gefehlt.

»Da sind ja meine Turteltäubchen«, begrüßte Granny sie herzlich und reichte ihr dabei ihre Hände.

Die beiden Frauen küssten sich links und rechts auf die Wange.

Mum und Dad wahrten einen gewissen Sicherheitsabstand und warfen mir unsichere Blicke zu. Wir hatten uns nach dem Höllenritt im Porsche bislang nicht gesprochen. Allerdings wussten sie jetzt, dass ich nach wie vor am Leben war.

»Das war eine wundervolle Rede«, behauptete Beverly.

Dabei war ich mir ganz sicher, dass sie, wenn überhaupt, nur einen Bruchteil davon mitbekommen hatte.

»Danke, meine Liebe. Ich freue mich sehr, dass sie dir gefallen hat.«

Granny lächelte wie ein Schulmädchen, das für den Vortrag eines Referats gelobt wurde.

Für gewöhnlich wirkte sie souveräner. Offenbar schien auch für sie die Situation neu und damit ungewohnt zu sein. Damit waren wir schon zu zweit.

»Jason, was ist mit dir? Wolltest du nicht beim Baumstammwurf mitmachen?«, richtete sie das Wort an mich.

»Genau. In dieser Disziplin werde ich mich auch in diesem Jahr wieder messen«, gab ich feierlich bekannt.

Beverly kicherte daraufhin albern, vertuschte es dann jedoch mit einem Hustenanfall.

Granny klopfte ihr beherzt auf den Rücken, woraufhin Beverly große Augen machte. Meine Großmutter war nie besonders zimperlich.

»Geht's wieder?«, fragte sie schließlich.

Beverly nickte vehement, hoffte sie doch auf diese Weise, nicht noch mal in den Genuss ihrer Fürsorge zu kommen.

»Dann wünsche ich dir viel Glück, mein Junge. Mach der Familie keine Schande. Hörst du? Wir sehen uns später zur Bekanntmachung eurer Verlobung auf der Bühne. Das wird das Highlight des Tages. Was freu ich mich drauf.«

Mit einem breiten Grinsen im Gesicht ging Granny an uns vorbei, um sich unter das einfache Volk zu mischen. Ihr Schritt war wie immer leicht beschwingt. Sie wirkte nicht wie eine Frau, die schon bald ihren achtzigsten Geburtstag feiern würde.

»Und jetzt?«

Beverly schien ein wenig unsicher darüber zu sein, was nun zu tun war.

»Jetzt bereite ich mich für den Wettkampf vor. Du kannst dich gerne an Granny halten. Sie wird sich bestimmt darüber freuen, wenn du ihr ein wenig Gesellschaft leistest.«

»Die bekommt sie doch heute in Hülle und Fülle. Nein, das wären ja Perlen vor die Säue geworfen.«

Ich zuckte mit den Achseln.

»Wie du willst, meine Liebe. Dennoch ist es immer sinnvoll, sich Granny gewogen zu halten. Eine Hochzeit allein wird sie nicht von dir überzeugen. Und wenn du später im Unternehmen noch ein Wörtchen mitreden möchtest, dann solltest du …«

»Ich sehe schon. Ich verbringe eindeutig zu viel Zeit mit der falschen Person«, ätzte Beverly, warf dabei ihre lange blonde Mähne über die Schulter und stolzierte von dannen.

Kapitel 7

Anna

Die Highland Games waren am ehesten mit einem großen deutschen Volksfest zu vergleichen. Nur mit dem Unterschied, dass es keine Fahrgeschäfte gab. Was der Stimmung allerdings keinen Abbruch tat. Ganz im Gegenteil.

Wo ich auch hinsah, überall tummelten sich lachende, tanzende und sich ausgelassen unterhaltende Leute, die den Tag genossen.

»Und? Was sagst du?«, fragte Leonore, während ich mir noch ein Bild der Lage machte.

»Es ist … einiges los«, fasste ich meine ersten Eindrücke zusammen.

Leonore lächelte.

»Als ich noch ein Kind war, nahm mich mein Dad immer zu den Spielen hier in Muir of Ord mit. Ich habe es geliebt, den Wettkämpfern zuzusehen, bei den Tänzen mitzumachen und mich durch die Essensstände durchzufuttern.«

Sie lachte so herzlich, dass mir ganz warm ums Herz wurde. Gleichzeitig steckte sie mich mit ihrer fröhlichen Art regelrecht an. Ich konnte gar nicht anders, als ebenfalls zu lächeln und mich nach und nach immer wohler in meiner Haut zu fühlen.

»Das klingt toll. Und ich kann sehr gut nachempfinden, wie es sich als Kind angefühlt haben muss, das hier zu erleben«, schwärmte ich.

»Nur als Kind?«

Leonore kicherte albern.

»Also ich kann das auch heute noch sehr genießen. Und im Gegensatz zu früher darf ich jetzt an den Wettkämpfen teilnehmen.«

Stimmte ja! Lara hatte mir davon erzählt, dass Leonore am Kopfnagelspiel teilnehmen würde. Blieb nur zu hoffen, dass sie sich dabei nicht verletzte oder übernahm.

»Bist du sicher, dass das mit der Teilnahme eine gute Idee ist?«, hakte Lara nach.

»Noch vor einigen Wochen warst du wegen eines Schwächeanfalls im Krankenhaus. Du erinnerst dich?«

Leonore winkte ab.

»Mir geht es prima. Ich habe mich schon lange nicht mehr so lebendig gefühlt. Das muss daran liegen, dass ihr jungen Leute um mich seid. Einer alten Frau tut das nämlich richtig gut, wenn sie sich mit Jüngeren umgibt. Glaubt mir.«

Augenzwinkernd sah sie von Lara zu mir.

Cailan küsste Lara gerade zum Abschied. Er musste sich zu seinem Wettkampf aufmachen. In knapp einer halben Stunde stand seine Disziplin auf dem Plan. Bis dahin würden wir die Spielstätte ebenfalls aufsuchen, um ihn anzufeuern.

»Viel Glück«, wünschten wir ihm, als er losging, um sich mit den anderen im Baumstammwurf zu messen.

Ein wenig seltsam waren die Schotten ja schon. Und es war auch ungewohnt, dass die meisten Männer im Schottenrock herumliefen. Aber Traditionen waren den Menschen hier anscheinend besonders wichtig.

»Und was machen wir jetzt?«, fragte Leonore, während sie sich bei Lara und mir unterhakte.

»Ich komme um vor Hunger«, meinte Lara daraufhin und blieb an einem Stand stehen, an dem Meat Pies, Bridies und Sausage Rolls verkauft wurden.

Am Stand daneben wurden eiskalte Limonade und warme Scones mit Clotted Cream und Erdbeermarmelade angeboten.

Der Duft der verschiedenen Essensangebote strömte zu uns und ließ nun auch meinen Magen knurren. Doch im Gegensatz zu Lara, die bereits in eine Sausage Roll biss, brauchte ich mal wieder eine halbe Ewigkeit, um mich zu entscheiden.

Leonore wandte sich mir zu.

»Möchtest du auch etwas essen?«, fragte sie großmütterlich und zückte dabei schon ihren Geldbeutel.

Eine Tatsache, die mich nur noch mehr verunsicherte. Schließlich wollte ich der alten Frau nicht auf der Tasche liegen.

»Ich weiß nicht«, gestand ich ihr schließlich ein.

Leonore sah mich einen Moment lang an, dann sagte sie:

»Egal, was du dir aussuchst, es schmeckt alles gut. Und wenn du mehrere Sachen probieren möchtest, wirst du sicher die Möglichkeit dazu haben. Wir sind schließlich noch den ganzen Tag da.«

Wenn Leonore das so sagte, klang es total einfach. Im Grunde wusste ich das auch. Und dennoch fiel es mir schwer zu sagen, was ich wollte.

»Ich probiere einen Scone«, kam es mir endlich über die Lippen.

Zu diesem Zeitpunkt war Lara mit ihrem Essen schon fast fertig.

Leonore nickte freundlich lächelnd und ging mit mir zu der Verkäuferin hinüber, orderte einen Scone für mich und einen für sich und bezahlte für uns beide.

»Vielen lieben Dank«, sagte ich artig, als ich meinen Scone bekam.

Leonore nickte.

»Lass es dir schmecken, liebe Anna. Du wirst sehen, mit einem Scone im Magen sieht die Welt gleich ganz anders aus.«

Ihr Lachen war so ansteckend, dass ich gar nicht anders konnte, als es ihr gleichzutun.

Vielleicht war es ja doch eine gute Idee gewesen, heute nach Muir of Ord zu kommen. Eins stand nämlich schon mal fest: Hier würde ich definitiv auf andere Gedanken kommen.

Kapitel 8

Jason

Das Baumstammwerfen war eine urschottische Disziplin. Ich kannte kein anderes Volk, das sich in dieser Sportart maß.

»Seid ihr bereit, Männer?«

Granny ließ es sich nicht nehmen, den Startschuss für den ein oder anderen Wettkampf selbst zu geben.

Die Freude darüber, in vorderster Front zu stehen, stand ihr deutlich ins Gesicht geschrieben. Alles, was die Highland Games ausmachte, erfreute meine Großmutter. Es gab kein Event im Jahr, das ihr mehr Spaß machte. Nicht einmal Weihnachten kam an die Highland Games heran.

Ein dröhnendes »Ja« ging durch die Menge der Männer, die stolz ihre in den traditionellen Farben ihrer Clans gemusterten Kilts zur Schau trugen.

Neben viel Kraft waren in dieser Königsdisziplin auch die richtige Technik und eine gute Körperkoordination gefragt. Der fünf bis sechs Meter lange Stamm wird dabei mit beiden Händen senkrecht vor den Körper gehalten, während der Werfer Anlauf nimmt.

Dabei wiegt der Baumstamm, der beim Wurf eine Drehung um hundertachtzig Grad vollzieht, zwischen fünfunddreißig und sechzig Kilogramm. Wenn der Wurf richtig ausgeführt wird, berührt das anfänglich nach oben zeigende Ende des Baumstammes zuerst den Boden.

Anschließend muss der Stamm in Wurfrichtung kippen. Das Ziel beim Baumstammwurf sind möglichst gerade Würfe. Kommt der Stamm schräg zur Wurfrichtung auf, gibt es Punktabzüge. Und zwar den größten Punktabzug, wenn der Baumstamm zurück in Richtung des Werfers kippt.

Von mehreren Würfen eines Durchgangs geht jeweils der weiteste in die Gesamtwertung ein.

Auf Grannys Lippen zeichnete sich ein Lächeln ab. Sie schien zufrieden mit sich und den Teilnehmern dieser Disziplin.

»Dann mögen die Spiele beginnen«, rief sie schließlich und schwenkte dabei ihr Taschentuch.

Ich startete nie als Erster, weil ich überzeugt war, dass das Unglück brachte. Außerdem mochte ich es ganz gerne, wenn ich wusste, mit wem ich mich zu messen hatte.

Die meisten Teilnehmer traten jedes Jahr aufs Neue an. Man kannte und respektiere sich. Nur selten mischten sich Neulinge darunter, höchstens, dass der ein oder andere eine Zeit aussetzte, weil er im Ausland arbeitete, und dann nach Jahren wiederkam.

Die Highland Games hatten wir Schotten im Blut. Wir konnten gar nicht ohne. Es gab sogar Auswanderer, die jedes Jahr genau zu dieser Zeit zurückkamen und dafür sogar Weihnachten links liegen ließen.

Der erste Wurf einer meiner Kontrahenten war recht gut ausgeführt gewesen. Dumm nur, dass der Baumstamm sich nicht ordnungsgemäß überschlug. Das würde Punktabzüge geben. Aber das hieß noch nichts. Schließlich hatte er mit diesem Baumstamm zwei weitere Versuche. Würde er allerdings auch diese vermasseln, war es für ihn vorbei. Einen neuen Baumstamm durfte man nur wählen, wenn man vorher einen Überschlag geschafft hatte.

Als ich an der Reihe war, drückte ich ein letztes Mal mein Kreuz durch und konzentrierte mich auf den Stamm. Nichts sonst zählte mehr. Die Leute um mich herum blendete ich, so gut es ging, aus.

Schließlich hob ich das Wurfgeschoss an und blickte ein letztes Mal in die Menge. Da sah ich etwas, was mich aus dem Konzept brachte. Schon im nächsten Moment flog der Baumstamm in hohem Bogen über das Feld. Einen Überschlag hatte ich allerdings nicht hinbekommen.

Die Zuschauer lachten spöttisch. Das war wohl nicht unbedingt unter Glanzleistung zu verbuchen. Aus Grannys Blick sprach Enttäuschung. Schließlich war ich in den vergangenen fünf Jahren immer als Sieger vom Platz gegangen.

Noch hatte ich ja zwei Versuche. Und diese würde ich besser meistern. Da war ich mir ganz sicher.

Aber wo war nur die Frau hingelaufen, die ich eben in der Menge erblickt hatte? Sie hatte eine verrückte Ähnlichkeit mit Anna, die ich in Neuseeland kennengelernt hatte.

Mein Herz zog sich beim Gedanken an sie schmerzvoll zusammen. Als meine Familie mich zurück nach Schottland beorderte, hatte ich nicht den Mut gefunden, ihr zu sagen, dass unsere gemeinsame Zeit nun ein Ende hatte.

Wie ein Dieb hatte ich mich davongestohlen, ohne ihr zu sagen, wie viel sie mir bedeutete. Seither bereute ich es und quälte mich mit meinen Gewissensbissen.

Meinte es das Schicksal gut mit mir? Würde ich Anna doch noch ein weiteres Mal sehen? Oder war das eben nur ein Trugbild gewesen, eine Fata Morgana, die mich von den Spielen abhalten sollte?

Während ich meinen Gedanken nachhing, versuchten sich die übrigen Teilnehmer. Ich war nicht mehr ganz bei der Sache, sodass ich nicht im Blick hatte, wer in diesem Jahr mein ärgster Konkurrent war.

Bei meinem nächsten Versuch vermied ich es, in die Reihen der Zuschauer zu blicken. Und tatsächlich: Der Wurf gelang. Ganz zur Freude meiner Großmutter. Ein Lächeln legte sich wie durch Zauberhand auf ihre Lippen.

Ihr Wohlwollen ermutigte mich, auch beim nächsten Wurf alles zu geben. So legte ich mich richtig ins Zeug, gab all meine Kraft in meine Hände und stieß einen regelrechten Kriegsschrei aus.

Das Publikum applaudierte. Vergessen war der klägliche Fehlstart, mit dem ich meine Granny enttäuscht hatte.

Erst jetzt bemerkte ich auch den Rest meiner Familie. Sie waren gekommen, um mich bei diesem Wettkampf zu unterstützen. Dankbar winkte ich in ihre Richtung. Sie lächelten und klatschten vor Begeisterung in die Hände.

Das war der Grund, warum ich noch hier war und mich Grannys abstrusen Bedingungen beugte: Ich liebte meine Familie. Jeden einzelnen von ihnen. Sogar Granny. Auch wenn sie manchmal richtig kratzbürstig sein konnte. Im Grund ihres Herzens liebte sie uns. Da war ich mir ganz sicher.

»Herzlichen Glückwunsch, mein Junge«, gratulierte mir Granny, als sicher war, dass ich diese Disziplin für mich entscheiden konnte.

Nicht irgendeine. Schließlich handelte es sich beim Baumstammwerfen um die Königsdisziplin.

Meine Eltern und meine Schwester Theres stürmten das Spielfeld.

»Ich wusste doch, dass mein Bruder auch in diesem Jahr der Beste sein würde«, rief Theres und warf sich bei diesen Worten in meine Arme.

»Du warst toll, mein Schatz«, bestätigte mir Mum.

»Was war denn bei dem ersten Versuch los?«, fragte hingegen Dad, dem augenscheinlich aufgefallen war, dass in diesem Moment etwas mit mir nicht gestimmt hatte.

»Ach, nichts weiter«, behauptete ich. »Ich habe den Stamm nur nicht richtig zu fassen bekommen.«

Während ich das sagte, musste ich wieder an die Frau denken, die mich an Anna erinnert hatte. Wo war sie nur hingegangen? Ich hätte ihr nachgehen sollen … und dabei vermutlich feststellen müssen, dass es sich doch nicht um Anna handelte.

Wie auch? Schließlich war diese noch für zwei Monate in Neuseeland. Zumindest waren das ihre Pläne gewesen, als ich nach Europa zurückkehrte. Ich wusste nur zu gut, wie schnell sich etwas ändern konnte und unvorhergesehene Umstände einen zwangen, seinen Urlaub abzubrechen.

Aber Anna wäre dann vermutlich nicht ausgerechnet nach Schottland gereist. Wieso auch? Sie stammte aus Deutschland. Ihre Familie lebte dort. Es gab keine Verbindung nach Schottland.

›Nur dich‹, gab meine innere Stimme zu bedenken.

Ich schüttelte den Kopf. Anna würde ganz sicher nicht nach Schottland reisen, um mich zu suchen. Das war ausgeschlossen. Und ich hätte es auch gar nicht verdient. Schließlich hatte ich sie einfach im Stich gelassen und war abgehauen, bevor sie davon Wind bekommen konnte.

»Zum Glück hast du den Stamm bei den nächsten beiden Versuchen so gut zwischen die Finger bekommen«, riss Mum mich aus meinen Gedanken und tätschelte mir dabei die Schulter.

»Hm? Ja, genau. Du hast recht. Das war mein Glück«, antwortete ich.

Mein Glück.

Kapitel 9

Anna

»Das sah ziemlich beeindruckend aus«, sagte ich, als Cailan zu Leonore, Lara und mir zurückkehrte.

»Es hat auf jeden Fall richtig viel Spaß gemacht. Auch wenn ich mir bei meinen Wurfversuchen vermutlich Hunderte Holzsplitter in die Handinnenflächen gerammt habe. Das war es allemal wert.«

Cailan lachte und legte seine Arme um uns drei Frauen.

Es fühlte sich gut an, ein Teil dieser Truppe zu sein.

Ohnehin war ich seit unserem Eintreffen in Muir of Ord viel gelöster. Ich wunderte mich regelrecht über mich selbst, warum ich nicht schon früher aus meinem Zimmer hervorgekrochen war, um Land und Leute kennenzulernen.

Natürlich kannte ich die Antwort. Aber das tat nichts zur Sache. Anstatt mich immer wieder über die Schulter nach hinten umzusehen, versuchte ich, meine Augen streng nach vorn zu richten. Fürs Erste bemühte ich mich, den Moment zu genießen.

Es lohnte sich nämlich.

»In knapp zwanzig Minuten beginnt meine Disziplin.« Die sonst so in sich ruhende Leonore knetete sich nervös die Hände und sah dabei hinüber zu der Sportstätte, an der sie ihr Glück versuchen wollte.

»Wir werden dich kräftig anfeuern«, versprach Lara und strich ihr dabei über den Rücken.

Leonore lächelte verlegen.

»Bin ich denn nicht schon viel zu alt für diesen Spaß?«

Cailan, Lara und ich schüttelten wie auf ein unsichtbares Kommando hin unsere Köpfe.

»Nie im Leben! Man ist nie zu alt für Spaß«, erklärte Cailan.

Nickend stimmten Lara und ich ihm zu.

»Also dann«, erwiderte schließlich Leonore und hakte sich bei Cailan unter, der sie wie ein Bodyguard zu ihrer Austragungsstätte begleitete.

Fehlte nur noch die obligatorische schwarze Sonnenbrille und der ebenfalls schwarze Anzug. Aber da der unter all den Kilts nur auffallen würde, war Cailan im Schottenrock sicher viel besser geeignet, Leonore Geleitschutz zu bieten.

»Sie wird das richtig toll machen«, meinte Lara und deutete dabei auf Leonore.

»Oh, da bin ich mir ganz sicher.«

Und so kam es auch. Leonore ließ so manchen Gegner ganz schön alt aussehen. Gewinnen konnte sie zwar nicht, aber sie war die Gewinnerin unserer Herzen. Und das war ihr schon genug.

»Ihr beiden, hättet ihr vielleicht Lust, beim Tauziehen mitzumachen? Uns sind ein paar Teilnehmerinnen abhandengekommen, da sie sich bei anderen Disziplinen verletzt haben.«

Lara und ich sahen uns unschlüssig an, als uns eine Frau in unserem Alter mit rabenschwarzen Haaren und braunen siegessicheren Augen ansprach.

»Das machen die beiden sehr gerne«, kam uns Leonore mit einer Antwort zuvor.

Noch ehe wir wussten, wie uns geschah, schubste sie uns bereits in die richtige Richtung.

Lara lächelte, während ich überlegte, ob das wirklich eine gute Idee war. Schließlich fügte ich mich in mein Schicksal und trat gemeinsam mit den anderen Frauen, die ich nicht kannte, in den Wettkampf.

Schon wenige Minuten später zogen wir alle gemeinsam an einem Strang. Tolle Sache! Vor allem hatte ich das Gefühl, ein Teil einer eingeschworenen Gemeinschaft zu sein.

Als unser Team am Ende sogar den Sieg einfahren konnte, war die Freude riesig. Wir lachten und alberten herum, freuten uns über die gewonnene Challenge und lagen uns in den Armen, als wären wir die besten Freundinnen und würden uns schon unser ganzes Leben kennen.

Lara und ich tanzten übermütig wie Kinder über die Wiese. Ich konnte mich nicht daran erinnern, wann ich mich das letzte Mal so unbekümmert gefühlt hatte. Es musste schon eine Weile zurückliegen.

Erst dann erinnerte ich mich an die unbeschwerte Zeit in Neuseeland. Wie ich einfach in den Tag hineingelebt hatte und mich überraschen lassen konnte, was die nächsten Stunden bringen würden.

Ohne es zu wollen, musste ich auch an Jason denken. Er war während dieser wundervollen Wochen in Neuseeland an meiner Seite gewesen. Die Zeit, die wir zusammen verlebt hatten, würde ich für immer in meinem Gedächtnis behalten.

Ich war so in dieser Blase gefangen gewesen, dass ich nie gedacht hätte, sie könnte platzen.

Als Lara und ich uns nicht mehr im Kreis drehten, hatte ich das Gefühl, mich übergeben zu müssen. Mir war so schwindlig, dass ich einen Moment benötigte, um mich wieder zu fassen. Wie hatte ich das als Kind nur stundenlang auf dem Karussell ausgehalten? Es war mir ein Rätsel.

Ich taumelte durch die Menge und versuchte mich auf etwas oder jemanden zu fixieren, um das Karussell in meinem Kopf endlich anzuhalten. Es dauerte ein wenig. Und dann halluzinierte ich.

Denn vor mir stand plötzlich Jason. Der Jason, den ich zuletzt in Neuseeland, eine halbe Weltreise entfernt, gesehen hatte. Der Jason, der mich einfach hatte sitzen lassen und offenbar nach Schottland zurückgekehrt war.

»Jason?«, fragte ich, obwohl ich ganz genau wusste, dass es nicht sein konnte.

Das war nicht Jason. Er konnte es schlichtweg nicht sein. Schließlich war die Wahrscheinlichkeit, dass wir uns ausgerechnet hier in Muir of Ord bei den Highland Games trafen, so hoch wie …

»Anna?«, hörte ich den Mann zurückfragen, der nicht der sein konnte, für den ich ihn hielt.

Wie um ihn besser sehen zu können, kniff ich meine Augen zu engen Schlitzen zusammen und starrte ihn regelrecht an. Ich musterte sein wirr vom Kopf abstehendes dunkles Haar. Ich sah mir seine grün-braunen Augen an und ließ meinen Blick schließlich zu seinen langen schönen Händen gleiten. Er war es. Er war es ganz sicher.

Bei der Erkenntnis überzog eine Gänsehaut meinen ganzen Körper. Das konnte doch nicht wahr sein. Oder? Wie konnte es sein, dass wir uns ausgerechnet hier wiedersahen? Seit unserem letzten Zusammentreffen hatte ich Tausende Kilometer zurückgelegt. Und nun das.

»Ich …«, sagte er noch, dann wurde er von einem Pulk aus Menschen in Richtung der Bühne gedrängt.

Er winkte mir und versuchte mir etwas zu sagen, aber die Menge war so laut, dass ich kein Wort davon verstehen konnte.

»Hast du den gekannt?«, fragte Lara wenige Augenblicke später.

Offenbar war ihr nicht entgangen, wie vertraut Jason und ich miteinander gewesen waren.

»Ich bin mir nicht sicher«, behauptete ich.

Dabei war ich mir sehr sicher, dass es sich bei dem Mann um Jason handelte. Allerdings war ich mir ganz und gar nicht sicher, ob ich es verkraften würde, ihn wiedergesehen zu haben. Schließlich hatte ich doch gerade damit angefangen, alles hinter mir zu lassen und nach vorn zu sehen. Und nun das.

Kapitel 10

Jason

»Wer war die Frau?«, zischte mir Beverly zu, kaum dass wir auf der Bühne standen und Granny das Wort an die Zuschauer gerichtet hatte.

Das Perfideste daran? Beverly lächelte dabei wie ein Honigkuchenpferd.

»Welche Frau?«, gab ich mich unwissend und gelassen, während es in mir arbeitete und ich mich am liebsten von der Bühne hinunter in die Menge gestürzt hätte.

Konnte es denn wirklich möglich sein? Konnte die Frau, die ich plötzlich zwischen all den Menschenmassen gesehen hatte, tatsächlich Anna gewesen sein? Das war doch verrückt. Meine Fantasie musste mir einen Streich gespielt haben. Anders konnte ich mir das alles nicht erklären. Aber woher hatte die Frau dann meinen Namen gewusst, wenn ich mir das alles nur eingebildet hatte?

»Am Ende eines so wunderschönen Tages mit euch wollte ich euch noch eine freudige Botschaft verkünden«, begann Granny die Bombe platzen zu lassen.

Die Zuschauer, die sich zuvor rege miteinander unterhalten hatten, richteten ihre Blicke wie gebannt in Richtung der Bühne. Sensationelle Nachrichten waren nicht unbedingt das, wofür Muir of Ord bekannt war.

Die Leute mochten Überraschungen. Wenn ich einer von ihnen gewesen wäre, hätte ich die Ankündigung bestimmt auch spannend gefunden. So aber hoffte ich nur darauf, dass das Schauspiel schnell ein Ende finden würde.

»Du weißt genau, welche Frau ich meine. Die mit dieser albernen Hochsteckfrisur, wie man sie in den Neunzigern getragen hat. Und erst dieser Jeansrock. Stell dich nicht dümmer, als du bist, mein Lieber.«

Noch ehe Granny unsere Verlobung verkünden konnte, zeigte mir meine zukünftige Frau, was mich in der nächsten Zeit erwarten würde.

Besonders erfreulich war das allerdings nicht. Aber ich tröstete mich darüber hinweg, dass diese Farce sicher irgendwann ein Ende finden würde. Wie schnell, war jedoch noch von vielen anderen Faktoren abhängig. Wenn es nach mir ginge, würde die Ehe nie vollzogen werden.

Gerade jetzt nicht, da Anna hier in Muir of Ord aufgetaucht war. Wie sie mich wohl gefunden hatte? Warum war sie mir nachgereist? Die Zeit in Neuseeland war atemberaubend schön gewesen. Ich hatte mir nie zuvor eine so harmonische Beziehung zu einer Frau vorstellen können wie die zu Anna.

Aber wir waren im Urlaub gewesen. Abseits von der Hektik des Alltags war es leicht, sich zu verlieben und sich vorzustellen, das Leben würde immer so weitergehen. Die Realität sah anders aus. Wie ich gerade eben feststellen musste.

»Ach, die Frau meinst du«, antwortete ich Beverly, ohne ihr weitere Details über Anna zu liefern.

Aber Anna, das war meine Angelegenheit. Beverly hatte rein gar nichts mit ihr zu tun. Das Beste würde sein, wenn sich die beiden Frauen nie über den Weg liefen. Es war ohnehin fraglich, ob ich Anna je wiedersehen würde.

Suchend blickte ich in die Gesichter der Menschen, die Grannys Rede lauschten. Es waren so viele, dass es mir schwerfiel, darunter Anna auszumachen. Vergleichbar mit der Suche nach der Nadel im Heuhaufen.

Anstatt etwas zu erwidern, zwickte mich Beverly in die Seite. Ein stechender Schmerz breitete sich in Sekundenschnelle über meinem Körper aus. Und Beverly? Die grinste zufrieden und tat so, als könnte sie kein Wässerchen trüben.

»Es ist mir eine große Freude, heute die Verlobung meines einzigen Enkelsohns Jason McCallister und Beverly Bouvery bekannt zu geben.«

Kaum hatte Granny die magischen Worte verkündet, brandete tosender Applaus auf.

Viele der Einheimischen, die dort unten vor der Bühne standen, verdienten in unserer Whiskey-Brennerei ihren Unterhalt. Es gab kaum jemanden, der kein Familienmitglied hatte, das bei uns arbeitete.

Muir of Ord und die Geschichte meiner Familie waren eng miteinander verwoben. Es fühlte sich ein wenig so an, als würde die Queen die Hochzeit eines ihrer Enkelkinder verlautbaren lassen. Ähnlich prominent war meine Familie in dem kleinen Dorf in den schottischen Highlands.

Granny machte Beverly und mir mit einer Handbewegung deutlich, dass es nun an der Zeit wäre, zu ihr nach vorn ans Mikrofon zu treten. Die Leute sollten uns gebührend feiern können. Ob wir wollten oder nicht.

Beverly wirkte, als wäre sie in ihrem Element. Sie liebte es, im Rampenlicht zu stehen und genoss das Bad in der Menge, während ich am liebsten Reißaus genommen hätte. Vor allem wollte ich nach Anna suchen.

Was dachte sie jetzt von mir? Sie musste glauben, ich hätte sie in Neuseeland nur benutzt. Als wäre sie ein letztes Abenteuer vor meiner baldigen Hochzeit gewesen.

Die Erkenntnis schmerzte mich. Am liebsten hätte ich jetzt und gleich alles dafür getan, dass dieses Bild, das sie sich unweigerlich von mir machen musste, revidiert wurde.

Denn ich mochte Anna. Nach wie vor. Und ich spürte das Bedürfnis, jetzt, da sie hier bei mir war, nachzuprüfen, ob die Gefühle aus Neuseeland uns noch immer verbanden.

Beverly nahm mich wie einen Schuljungen bei der Hand und riss mich damit unweigerlich aus meinen Gedanken. Ihr Blick traf den meinen und machte mir unmissverständlich klar, dass es nun an der Zeit wäre, die perfekte Show zu liefern.

Granny stand neben uns und bildete mit ihren Händen eine Raute. Erwartungsvoll blickte sie mich an, bis ich endlich verstand.

Die beiden wollten, dass ich ein paar Worte ans Volk richtete. Dabei war ich überhaupt kein Prince Charming. Ich war Jason McCallister, ein Mann, der eine Verlobung mit einer Frau einging, die er nicht liebte, um den Familiensegen nicht zu gefährden. Aber was war der familiäre Frieden wert, wenn ich dabei auf die Frau verzichten musste, die mir nicht mehr aus dem Kopf gehen wollte?

»Ja, nun … Ich danke euch für eure Anteilnahme.«

Beverly machte bei meinen Worten große Augen. Auch Granny schien nicht besonders begeistert zu sein.

Anteilnahme hörte sich einfach viel zu sehr nach Beerdigung an. Aber was konnte ich denn dafür, wenn sich dieser Moment so für mich anfühlte?

»Wir freuen uns wirklich wahnsinnig darüber, diesen besonderen Tag mit euch feiern zu dürfen.«

Beverly hatte die Sache kurzerhand selbst in die Hand genommen und dabei vielmehr die Worte gefunden, die Granny von mir erwartet hätte. Ich sah nicht zu ihr hinüber, da ich mir der Enttäuschung in ihrem Gesicht gewiss war. Davon brauchte ich mich nicht zu überzeugen.

Aber ich war nun mal nur ein Mensch. Keine Marionette. Auch wenn das so manches Mal in meinem Leben durchaus einfacher gewesen wäre.

Kaum dass meine Verlobte sich zu Wort gemeldet hatte, klatschten die Menschen abermals Beifall. Die Show, die ihnen geboten wurde, schien ihnen offenbar gut zu gefallen.

»Wann findet die Hochzeit statt?«, hörte ich einzelne Rufe aus der Menschenmenge.

Diesen Punkt hatten wir bisher nicht näher geklärt. Wenn es nach mir ginge, könnte das Fest lange auf sich warten lassen oder ganz ausfallen. Aber irgendwas sagte mir, dass meine Galgenfrist nicht so lange andauern würde.

Noch bevor ich mir weitere Gedanken darüber machen konnte, kam Granny zurück ans Mikrofon.

»Die Hochzeit wird noch dieses Jahr stattfinden.«

Damit war mein Schicksal besiegelt.

Kapitel 11

Anna

»Was ist denn mit dir? Du siehst plötzlich so blass um die Nase aus. Geht es dir nicht gut? Möchtest du einen Schluck Wasser? Oder vielleicht etwas essen?«

Lara sah mich voller Sorge im Blick an, während ich meine wirren Gedanken, die nach wie vor auf einem Karussell saßen, in eine Ordnung zu bringen versuchte. Doch sosehr ich mich auch bemühte, es wollte mir schlichtweg nicht gelingen.

»Es geht mir gut. Ihr braucht euch keine Sorgen um mich zu machen«, behauptete ich.

Auch wenn ich mich bemühte, Lara, Cailan und Leonore zu beruhigen, wusste ich doch, wie wenig überzeugend ich in diesem Moment klang. Denn die Furchen auf ihrer Stirn wollten nicht verschwinden.

Aber ich konnte einfach nicht darüber hinweggehen, was soeben passiert war. Das hätte sicher niemanden kaltgelassen, sich unerwartet einem Mann gegenüberstehen zu sehen, von dem man noch vor ein paar Minuten geglaubt hatte, ihn in diesem Leben nie mehr wiederzusehen.

Das war total verrückt und … abwegig.

Klar hatte mir Jason gesagt, dass er aus Schottland kam. Aber auch wenn Schottland viereinhalbmal kleiner war als

81

Deutschland, bedeutete das noch lange nicht, dass wir uns in Muir of Ord in die Arme liefen.

So funktionierte das mit der Wahrscheinlichkeitsrechnung nicht. Zumindest nicht in meiner Welt.

»Anna, geht es dir wirklich gut? Ich mache mir Sorgen um dich.«

Lara legte ihre Hand auf meine Schulter und sah mich dabei so eindringlich an, dass ich das Gefühl hatte, sie könnte mir direkt bis auf meine Seele blicken und mein kleines Geheimnis dort entdecken.

Denn ihr gegenüber hatte ich Jason bisher noch mit keiner Silbe erwähnt. Sie wusste nichts von dem Mann, auf den ich mich eingelassen hatte.

Anfangs war es darum gegangen, etwas Zerstreuung zu finden. Und ja, vielleicht hatte ich auch versucht, mit ihm zu testen, ob eine offene Beziehung, die Max mir schmackhaft machen wollte, eine Option für mich wäre.

Doch schon nach wenigen Tagen wurde mir bewusst, dass ich das nicht konnte. Ich war nicht dafür gemacht, auf mehreren Hochzeiten gleichzeitig zu tanzen. Ganz im Gegensatz zu Jason, dessen Hochzeit gerade publikumswirksam auf der Bühne verkündet worden war.

»Du atmest so schwer. Komm, wir gehen da rüber an die Seite. Dort sind nicht so viele Menschen. Da bekommst du bestimmt besser Luft.«

Lara zog mich mit sich in die gewiesene Richtung. Ich ließ es über mich ergehen und hing derweil meinen Gedanken nach. So unbegreiflich war das alles für mich. So unvorstellbar.

Wie war das nur alles möglich? Und was sollte ich jetzt tun? Einfach wieder mit den anderen an den Clachtoll Beach zurückkehren und vergessen, was heute passiert war, oder mich auf die Suche nach Jason machen, um ihn zu Rede zu stellen?

›Um ihm was zu sagen?‹, wandte meine innere Stimme sich an mich.

Sie hatte recht. Ich war nicht berechtigt, ihm eine Szene zu machen. Zumindest was den Teil mit seiner Verlobung anbelangte. Schließlich wartete Max noch immer in München darauf, von mir zu erfahren, wie es zwischen uns weitergehen würde.

Das nahm ich zumindest an. Denn gesprochen hatten wir uns schon eine ganze Weile nicht mehr.

Während ich also zu verdauen versuchte, was soeben passiert war, mischte sich nun auch noch das schlechte Gewissen in meine Gedanken und verseuchte sie mit aller Hartnäckigkeit.

Wo war das gute Gefühl bloß wieder hin, das ich noch beim Tauziehen verspürt hatte? Ich konnte kaum glauben, dass der Wettkampf heute stattgefunden haben sollte. Plötzlich schienen Raum und Zeit sich zu verlieren. Alles verschwamm ineinander. Und ich war mittendrin. Unfähig, einen Sinn in all den Turbulenzen zu erkennen oder gar Entscheidungen zu treffen, die unabdingbar waren.

»Atme, Anna! Atme!«, befahl mir derweil Lara.

Tatsächlich bekam ich kaum noch ausreichend Sauerstoff in meine Lungen. Und ich wusste auch gar nicht mehr so genau, wie das mit dem Atmen ging.

Und während ich mit mir und in meinem Inneren mit all dem kämpfte, was mich umtrieb, stieß ich mit jemandem zusammen. Eine spitze Schulter rammte sich in meine Seite. Ich gab einen gequälten Laut von mir und wollte mich schon beschweren, als ich erkannte, wer da in mich hineingelaufen war.

»Kannst du nicht aufpassen?«, blaffte mich Jasons Verlobte missbilligend an.

Wütende Blitze schossen dabei aus ihren großen blauen Kulleraugen auf mich ab.

»Ich … Also … Das war …«, stammelte ich unbeholfen vor mich hin.

Aber mit einer Konfrontation mit Jasons Verlobten hatte ich nicht gerechnet. Und das war es doch, was hier gerade passierte. Oder? Denn ich hatte sie definitiv nicht angerempelt. Das war sie gewesen. Und das mit voller Absicht.

»Was ist hier los?«, mischte sich Lara ein.

»Lass meinen Verlobten in Ruhe!«, giftete Jasons zukünftige Braut mich an und schubste mich im nächsten Moment.

Nicht fest. Aber ich hatte nicht damit gerechnet und wäre beinahe gefallen.

Sie meinte es offenbar ernst. Außerdem schien sie eine Bedrohung in mir zu sehen. Dabei konnte ich mir nicht vorstellen, dass Jason ihr von mir erzählt hatte. Warum sollte er auch? Das würde seine Hochzeit doch nur unnötig gefährden. Vielleicht hatte sie aber auch mitbekommen, wie Jason vorhin auf mich aufmerksam geworden war. Und was wir uns für Blicke zuwarfen.

Eine Frau spürt, wenn da etwas im Busch ist. Ganz ohne Worte.

»Sollte ich dich auch nur noch ein einziges Mal in seiner Nähe sehen, lernst du mich von einer anderen Seite kennen. Haben wir uns verstanden?«

Es war ihr offenbar ernst.

»Was genau wird hier eigentlich gespielt?«, hakte Cailan nach, der Lara und mir unerwartet Schützenhilfe gab.

Ich war nach wie vor viel zu perplex, um mich zu der Sache zu äußern. Das ganze Schauspiel lief vor meinem Auge ab, doch ich hatte nicht das Gefühl, ein Teil davon zu sein. Vielmehr wirkte die Szenerie wie die Sequenz eines Filmes, den ich mir auf einer großen Kinoleinwand ansah. Nur mit dem Unterschied, dass ich ihn mir nicht ausgesucht hatte.

»Lass die Finger von meinem Mann, und wir werden keine Schwierigkeiten miteinander haben«, erklärte mir Jasons Verlobte abermals.

»Was ist hier los, Beverly?«, fiel dieser plötzlich in die Runde ein.

Das war das Letzte, was ich gerade brauchte. Ich wollte mich in dieser Situation nicht auch noch Jason gegenüberstehen sehen. Gerade wollte ich überhaupt niemanden sehen. Außer die vier Wände des Zimmers, das ich im B&B meiner Freundin gerade bewohnte.

»Nichts«, säuselte Beverly und klang dabei, als könnte sie kein Wässerchen trüben.

Was für eine falsche Schlange!

Am liebsten würde ich Jason sagen, auf was für eine Frau er im Begriff war, sich dauerhaft einzulassen. Dann wurde mir jedoch bewusst, dass es keinen Grund gab, ihm zu helfen. Wir waren keine Freunde. Wir waren … Ich hatte keine Ahnung, was wir waren. Und im Moment fiel es mir auch alles andere als leicht, eine Definition dafür zu finden, was zwischen uns war.

»Jason, Darling, wir müssen weiter. Die Presse wartet auf uns«, bezirzte Beverly ihren Verlobten weiter.

Dieser wusste gar nicht so recht, wie er reagieren sollte. Da waren wir schon zu zweit.

»Ja, also … Vermutlich hast du recht«, erwiderte er pflichtergeben.

Dabei sah er mich so durchdringend an, dass ich das Gefühl hatte, er hätte viel lieber noch mit mir besprochen, wie es zu dem ganzen Durcheinander zwischen uns hatte kommen können.

Aber vielleicht irrte ich mich auch nur. Oder das Karussell in meinem Kopf projizierte Trugbilder vor mein Auge. So oder so: Ich wollte zurück in das vertraute Zimmer, wo ich mir die Bettdecke über den Kopf ziehen konnte.

Kapitel 12

Jason

Nach einem viel zu langen Tag, der mehr Tiefen als Höhen vorzuweisen hatte, sehnte ich mich nur noch nach einer Dusche und wollte ins Bett.

Die Presseleute hatten sich wie Hyänen auf uns gestürzt, uns nach unserer Liebe, dem Kennenlernen und der Destillerie von Beverlys Familie in Aberfeldy befragt.

Zu den meisten Themen hatte Beverly bereitwillig Auskunft erteilt. Was mir ganz recht gewesen war. Viel zu sehr war ich den Nachmittag über mit Annas Wiedersehen beschäftigt gewesen, als dass ich auch nur eine vernünftige Antwort hätte geben können.

Warum war sie hier? Wie hatte sie mich gefunden? Was dachte sie nun von mir, da sie wusste, dass ich verlobt war und bald heiraten würde? Würde ich sie je wiedersehen? Und wenn ja, wo? Ich hatte keinen Anhaltspunkt darüber, wo sie sich gerade aufhielt.

Es war verrückt! Seit ich den Flieger in Auckland bestiegen hatte, wünschte ich mir, ich könnte das Rad der Zeit zurückdrehen, um mit Anna … Alles exakt genau noch mal so zu erleben, wie es gewesen war. Bis auf die Tatsache, dass ich einfach abgehauen war, ohne ihr die Wahrheit zu sagen.

Aber auch meine Familie hatte mir nur mitgeteilt, dass meine Anwesenheit vor Ort dringlich wäre. Genaue Details, weshalb ich meinen Urlaub abbrechen sollte, hatten sie mir nicht genannt.

Was hätte ich Anna also sagen sollen?

›Die Wahrheit‹, antwortete meine innere Stimme prompt.

Aber die hatte gut reden.

Es war nicht einfach, einem Außenstehenden zu erklären, wie das bei uns lief. Jeder vernünftige Mensch hätte mir geraten, mich von meiner Familie loszusagen und mein eigenes Ding zu machen. Aber ich … liebte meine Familie. Ich konnte sie nicht im Stich lassen. Wir waren immer füreinander da.

Jeder von uns brachte dann und wann ein Opfer, damit es uns allen gut ging. Ich konnte meine Eltern, meine Tante, meinen Onkel, meine Cousine und meine Schwester nicht einfach so vor den Kopf stoßen, indem ich mich Grannys Willen widersetzt und das Weite gesucht hätte.

So funktionierte das nicht bei den McCallisters.

Jeder hatte seine Aufgabe.

Als ich schließlich unter der Dusche stand und die Brause aufdrehte, entspannten sich unter dem warmen Wasser meine schmerzenden Muskelpartien am Rücken und an den Schultern. Mit jeder weiteren Minute fühlte ich mich wohler in meiner Haut. Ganz so, als könnte man den unsichtbaren

Dreck der Seele, der einem anhaftete, mit ausreichend Wasser abwaschen.

Ich wusste, dass das nicht ging. Und ich wusste auch, dass ich mir dringend Gedanken darüber machen musste, wie es nun weitergehen sollte.

Was wollte ich? Was musste ich? Was war richtig? Was war falsch?

Gerade als ich die Brause wieder abgestellt und mich mit einem Handtuch abgetrocknet hatte, vibrierte mein Handy, das ich auf dem Waschtisch neben der Dusche abgelegt hatte.

Beverlys sommersprossiges Gesicht grinste mir entgegen.

Am liebsten hätte ich den Anruf einfach weggedrückt. Aber Beverly war beharrlich. Und nachtragend. Keine gute Option, wenn es darum ging, heute noch einen einigermaßen entspannten Abend verleben zu wollen.

Mit einem leicht genervten »Ja?« nahm ich den Anruf schließlich entgegen, nachdem ich mehrere Male tief ein- und wieder ausgeatmet hatte.

Viele Menschen schworen ja auf diese Atemtechniken. Bei mir zeigten sie jedoch überhaupt keine Wirkung. Sobald ich Beverly an der Strippe hatte, schoss mein Blutdruck auf hundertachtzig.

»Ich hoffe, du hast das mit der Kleinen heute Nachmittag im Griff«, kam sie gleich auf den Grund ihres Anrufs zu sprechen.

»Anna?«, fragte ich vollkommen unnötigerweise nach.

»Natürlich, Anna. Oder gibt es da noch mehr Weiber, von denen ich wissen müsste? Ich warne dich, Jason. Mach mich bloß nicht zum Gespött der Leute. Das würdest du nicht unbeschadet überleben. Glaub mir, ich habe Mittel und Wege, dich öffentlichkeitswirksam zu vernichten.«

»Wow, wow, wow!«, versuchte ich ihr Einhalt zu gebieten. »Wer von uns beiden hat aktuell noch einen festen Freund, obwohl er seit heute offiziell mit mir verlobt ist?«

Beverly gab einen quietschenden Laut von sich.

»Lass Cameron aus dem Spiel. Hörst du? Er und ich wissen genau, was zu tun ist. Ganz im Gegensatz zu dir. Was sollte das heute Nachmittag?«

Entweder hatte ich eine komplett gestörte Wahrnehmung, sie sah die Angelegenheit anders als alle anderen Menschen auf diesem Planeten, oder aber Beverly verdrehte ein wenig die Tatsachen.

»Beverly, wenn du dich nicht genötigt gefühlt hättest, deiner vermeintlichen Kontrahentin die Leviten zu lesen, wäre überhaupt niemand auch nur auf die Idee gekommen, dass Anna und ich etwas miteinander hatten. Ein Wunder, dass die Presseleute nichts davon mitbekommen haben.«

»Du übertreibst wie immer maßlos. Aber lass dir eins gesagt sein: So läuft das nicht. Wenn du dich nicht an die Regeln hältst, dann muss ich wohl oder übel ein Wörtchen mit deiner heiß geliebten Granny wechseln. Ich könnte mir vorstellen, dass sie furchtbar enttäuscht von dir wäre.«

Beverly wusste genau, wo sie ansetzen musste, um mich zu treffen.

Dennoch erwiderte ich »Tu, was du nicht lassen kannst« und beendete das Gespräch.

Statt mich weiter mit Beverly und dem Telefonat auseinanderzusetzen, entschied ich mich, mir Gedanken darüber zu machen, wie ich Anna finden und ihr alles erklären konnte. Das schien mir im Moment das Wichtigste zu sein.

Allein die Vorstellung, dass sie mich für einen abgebrühten Fremdgeher hielt, der das nicht zum ersten Mal getan haben könnte, widerstrebte mir.

Aber wo sollte ich bloß ansetzen? Ich hatte keinen Anhaltspunkt, der über Annas Verbleib Auskunft erteilte. Sie konnte schon längst in der nächsten Maschine nach Deutschland sitzen. Und wenn sie wider Erwarten doch noch in Schottland war, blieb unklar, wo sie sich hier aufhielt.

Sicher nicht in Muir of Ord. Davon hätte ich sonst etwas mitbekommen. Schließlich lebten in diesem Dorf gerade mal zweitausendfünfhundert Menschen.

Beverly schickte mir ein Foto, das die Fotografen auf der Bühne von uns beiden geschossen hatten, als wir am Mikrofon standen und uns für die Glückwünsche zur Verlobung bedankten.

Einem ersten Impuls folgend wollte ich das Bild gleich wieder löschen.

Dann kam mir eine Idee.

»Woher hast du das?«, hakte ich nach.

»Von den Leuten von der Daily Sun. Die Fotos sollten mittlerweile aber auch schon auf der Highland-Games-Seite von Muir of Ord zu sehen sein, hat man mir gesagt.«

Bingo! Damit konnte ich etwas anfangen.

Denn auf besagter Seite waren nicht nur die Bilder der engagierten Fotografen zu sehen, sondern auch Schnappschüsse von den Zuschauern und Teilnehmenden der Wettkämpfe.

Jedes Jahr kamen dabei einige hundert Bilder zusammen. Und manches Mal sah man darauf nicht nur die Spiele, sondern auch Details, die weitreichende Folgen haben konnten. Wie beispielsweise vor ein paar Jahren, als Sam seine Frau auf den Highland Games mit einer anderen betrog, während sie zu Hause geblieben war, um sich um die kranken Kinder zu kümmern.

Oder Eve, die behauptet hatte, nicht zur Arbeit erscheinen zu können, und sich bei den Highland Games ausgiebig amüsiert hatte. Wobei in ihrem Fall nicht mal die Fotos nötig gewesen waren. Granny hatte sie auch so erkannt und im Anschluss an das Fest hochkant aus der Firma geworfen.

Was ihre Prinzipien betraf, war Granny konsequent.

Ohne zu wissen, was mich in dem Meer aus Fotos erwartete, öffnete ich meinen Laptop, suchte die Seite und stürzte mich in die Recherche. Irgendwo auf diesen unzähligen Aufnahmen würde ich Informationen darüber erhalten, wo ich Anna finden konnte. Ich war mir ganz sicher. Ich musste mich nur genügend anstrengen.

Kapitel 13

Anna

Auch zwei Tage nach den Highland Games in Muir of Ord wollte es mir nicht gelingen, meine Gedanken in eine andere Richtung zu lenken.

Ständig musste ich an das so sehr ersehnte Wiedersehen mit Jason denken, das in einer absoluten Katastrophe geendet war.

»Wenn du die Beeren weiterhin mit so viel Energie erntest, zermatschen sie noch, ehe sie den Kochtopf von innen gesehen haben«, erklärte mir Leonore mit einem wissenden Lächeln auf den Lippen.

Am heutigen Morgen war ich mit dem festen Vorsatz aufgewacht, mein Zimmer zu verlassen und mich dem Leben zu stellen. Zumindest in kleinen Schritten. Deshalb hatte ich Leonore gebeten, mir eine Aufgabe zu geben. Doch egal, was ich auch tat, meine Gedanken landeten immer wieder bei Jason.

»Entschuldige bitte.« Ich fühlte mich ertappt.

Dabei hatte ich wirklich geglaubt, Leonore bei der Ernte der Beeren im Garten und dem anschließenden Einkochen der Marmelade eine Hilfe sein zu können. Weit gefehlt, wie sich nun herausstellte.

»Du denkst noch immer an den Zwischenfall in Muir of Ord, oder?«

Leonore war eine stille Beobachterin. Doch augenscheinlich entging ihr nichts.

»Das war … unerwartet«, fasste ich meine Gefühlslage in einem Wort zusammen.

Eigentlich hätte ich es noch um erschütternd, traurig, verletzend und viele weitere Adjektive ergänzen können, doch die sparte ich mir. Schließlich hatte ich mir fest vorgenommen, nach vorn zu sehen. Und Jason und seiner Verlobten Beverly sollten in meinem Leben nur noch der Vergangenheit angehören.

»Unerwartete, überraschende Erlebnisse können gut oder schlecht sein«, erklärte Leonore und warf dabei einen prüfenden Blick in den Eimer, in dem ich die Beeren gesammelt hatte.

»Mein Erlebnis war eher … prägend.«

Leonore bedachte mich mit einem mitleidigen Blick. Nur kurz.

»Woher kennst du Jason McCallister?«

Innerlich erschrak ich bei der Nennung seines Namens. So unerwartet kam es für mich, dass Leonore mich mit dem Mann konfrontierte, der für mein Dilemma verantwortlich war.

»Wir sind uns in Neuseeland begegnet«, offenbarte ich ihr.

Bisher hatte ich keiner Menschenseele davon erzählt. Nicht einmal Lara. Sollte sie davon erfahren, dass ich mich Leonore noch vor ihr anvertraut hatte, wäre sie sicher schrecklich enttäuscht von mir. Schließlich hatte sie sich seit dem Zwischenfall mit Beverly rührend um mich gekümmert.

Heute Morgen war sie mit Cailan zu einem Treffen mit anderen schottischen B&B-Besitzern aufgebrochen, um sich auszutauschen. Es hatte ihr schrecklich leidgetan, mich hier zurücklassen zu müssen. Mehrfach hatte ich ihr zugesichert, dass ich allein gut klarkam. Dabei wussten wir beide, dass dem nicht so war.

»Er ist ein sehr charismatischer Mann. Ich habe ihn in der Vergangenheit schon das ein oder andere Mal bei den Highland Games in Muir of Ord gesehen. Die McCallisters sind eine altehrwürdige Familie von großem Einfluss hier in der Gegend.«

Das erklärte, woher Leonore Jason kannte. Sie hatte mir ja erzählt, dass sie immer wieder mal bei den dortigen Spielen gewesen war. Und Jason war nicht nur charismatisch. Er hatte etwas an sich, das ihn aus der Menge herausstechen ließ.

Dabei konnte ich gar nicht mal so genau sagen, woran es lag – ob an den wachen grünbraunen Augen, an dem viel zu wirren Haar, an dem kantigen Gesicht oder seinen breiten

Schultern. Am Ende war es das Zusammenspiel aus allem. Und seine Hände. Vor allem seine Hände.

»Wusstest du, dass bei dem Event seine Verlobung bekannt gegeben würde?«, hakte Leonore vorsichtig nach.

Ich schüttelte den Kopf und senkte ihn anschließend.

Schon begannen sich meine Augen mit Tränen zu füllen.

Nein, ermahnte ich mich, *reiß dich zusammen!*

Nicht schon wieder. Ich wollte nicht länger betrauern, was für mich längst verloren war. Letztlich hätte ich nie erwartet, Jason überhaupt noch ein weiteres Mal in diesem Leben zu sehen. Okay, er war Schotte, ich war hier in Schottland. Trotzdem: Es war Zufall. Schicksal. Eine perfide Mischung aus beidem.

Plötzlich nahm mich Leonore in ihre Arme. Noch ehe ich wusste, wie mir geschah, weinte ich bitterlich an ihrer Schulter. Sanft strich sie mir mit ihrer Hand über den Rücken und redete mir gut zu, all den Kummer rauszulassen und mich ganz und gar fallen zu lassen.

Es tat gut, mich derart geborgen und behütet zu fühlen. Tatsächlich gelang es mir sogar ein wenig besser, mich meinem Gefühlschaos zu stellen, nun, da ich mich ihm nicht allein gegenübersah.

»Das Wasser in der Dusche ist ganz kalt«, erklärte eine piepsige Mädchenstimme.

Leonore und ich wandten uns dem Kind zu. Die Kleine hatte offenbar im Meer gebadet. Zumindest zeugte der Sand in ihren Haaren davon, dass sie den Vormittag am Strand verbracht hatte.

Mit großen Kulleraugen sah sie uns erwartungsvoll an.

Leonore nahm sich augenblicklich dem Anliegen des Kindes an.

»Oh, wie kann das denn sein? Ich gehe gleich mal mit dir schauen. Okay? Wo ist denn deine Mum?«, hakte Leonore nach und sah sich dabei suchend um.

»Die ist noch am Strand. Ich wollte nicht mehr dortbleiben, musste ihr aber versprechen, gleich zu duschen, wenn ich im B&B angekommen bin, damit sich der Sand nicht überall in unserem Zimmer verteilt. Was mache ich denn jetzt bloß?«

Das kleine Mädchen, das ich auf ungefähr acht Jahre schätzte, sah besorgt drein. Offenbar wollte sie unter gar keinen Umständen das gegebene Versprechen brechen.

»Wie heißt du denn, meine Kleine?«, fragte Leonore und versuchte, mit ihrer sanftmütigen leisen Stimme das Kind zu beruhigen.

»Emma«, antwortete sie und sah dabei bedrückt drein.

Trotz der warmen Temperaturen begann sie allmählich in ihrem nassen Badeanzug zu frösteln. Das Wichtigste war nun, dass sie eine warme Dusche erhielt.

Bevor Leonore mit Emma im Cottage verschwand, wandte sie sich noch einmal mir zu.

»Könntest du, solange ich mich um das Wasserproblem kümmere, an die Rezeption gehen? Heute kommen neue Gäste an. Ich möchte nicht, dass sie das Gefühl haben, wir hätten sie nicht erwartet.«

Leonore war wirklich eine Seele von Mensch. Ihr war es wichtig, jeden Gast gebührend zu empfangen. Die Vorstellung, jemand könnte verloren im Eingangsbereich des B&Bs stehen und sich unwohl fühlen, war ihr äußerst unangenehm.

»Natürlich«, antwortete ich, ohne zu wissen, worauf ich mich da genau einließ.

Aber Leonore würde das Wasserproblem in Emmas Badezimmer sicher schnell in den Griff bekommen und sich dann selbst den Gästen widmen können. Zumindest hoffte ich das inständig.

Als Leonore und Emma sich auf den Weg machten, hob ich den Eimer mit den Beeren vom Boden auf und begutachtete das Ergebnis. Besonders groß war die Ausbeute bislang noch nicht. Marmelade einzukochen, würde sich noch nicht lohnen.

Sobald es mir wieder möglich war, würde ich weitere Beeren pflücken, nahm ich mir fest vor. Immerhin müsste ich mir dann keine Gedanken über eine ganz bestimmte Person machen.

Nachdem ich den Eimer in der Küche auf den Tisch gestellt hatte, ging ich auf meinen mir zugewiesenen Posten. Ich widerstand dabei sogar der Versuchung, ein Stück von Leonores Früchtekuchen zu probieren, den es heute Morgen für die Gäste zum Frühstück gegeben hatte.

Kaum dass ich mich hinter den Tresen gestellt hatte, klingelte auch schon das Telefon. Das nannte ich mal Timing. Denn bisher hatte ich das Telefon während meines Aufenthalts nur sehr selten klingeln gehört. Laut Lara reservierten achtzig Prozent ihrer Gäste per Mail.

Ohne so recht zu wissen, was ich beim Abheben sagen sollte, nahm ich das Gespräch mit einem leicht zögerlichen, dennoch bemüht freundlichen »Ja?« an.

»Hallo? Ist da das B&B am Clachtoll Beach?«, fragte die Männerstimme am anderen Ende der Leitung, während ich mir mit der flachen Hand gegen die Stirn schlug.

Schließlich hätte mir nach kurzem Überlegen selbst die passende Grußformel einfallen können. Warum hatte ich nicht darüber nachgedacht? Das war doch sonst nicht meine Art.

Nein, meine Art war viel komplizierter. Für gewöhnlich wog ich zigmal das Für und Wider einer Handlung ab. Aber in diesem Fall hatte mir schlichtweg die Zeit zum Nachdenken gefehlt. Ich musste etwas tun, und zwar schnell.

»J-ja, genau. Sie sprechen mit dem B&B am Clachtoll Beach.« Ich bemühte mich, souverän zu klingen.

Nicht ganz so einfach, wenn man keinen blassen Schimmer von dem hatte, was man da tat.

Nervös legte ich meine rechte Hand auf die Maus und scrollte mechanisch mit dem Finger darüber, bis ich den Monitor zum Leben erweckte. Es gab keinen rechten Grund, warum ich das tat. Schließlich hatte ich weder Ahnung, mit welchen Programmen hier gearbeitet wurde, noch wusste ich, wo ich Informationen für den Anrufer finden konnte. Sollte er mich denn nach etwas Bestimmtem fragen.

»Sehr gut, dass ich Sie erreiche. Ich habe es heute schon ein paarmal probiert.«

Die Stimme am anderen Ende der Leitung klang erleichtert. Er war nicht genervt oder dergleichen. Und dennoch hatte ich automatisch ein schlechtes Gewissen. Denn Leonore war nur so lange draußen im Garten gewesen, weil sie sich nach meinem Befinden erkundigt hatte und mir zur Seite stehen wollte. Dabei waren ihr die Anrufe des Gastes entgangen. Und vermutlich noch einige andere.

»Das tut mir leid«, beeilte ich mich zu entschuldigen.

»Sagen Sie, ich hatte eine Reservierung für den fünfzehnten des Monats gemacht. Allerdings ist meine Frau zu diesem Zeitpunkt noch bei einer Tagung. Könnten wir die Anreise auf den siebzehnten verschieben?«

Nun hatte ich den Salat.

»Einen kleinen Moment, bitte«, behauptete ich, während mir auf der Stirn bereits der Angstschweiß ausbrach.

Natürlich hätte ich auch nach Leonore suchen und sie bitten können, mir zu helfen. Aber ich wollte das allein schaffen und nicht allen in meinem Umfeld das Gefühl geben, ich bräuchte ständig Unterstützung.

Außerdem war sie sicher noch dabei, sich um Emmas Wasserproblem zu kümmern. Ansonsten wäre sie schon längst wieder hier unten bei mir. Da war ich mir ganz sicher.

Hektisch sausten meine Augen über den Desktop des Monitors. Neben den Standardprogrammen wie Word und Excel fand ich auch einen E-Mail-Anbieter. Ein gesondertes Buchungssystem fiel mir dabei nicht ins Auge. Also versuchte ich es mit den E-Mails.

»Wie ist denn Ihr Name?«, fragte ich nach, um meine Suche angehen zu können.

Nervös blickte ich zur Treppe. Aber von Leonore war weit und breit nichts zu sehen.

»Addison. Noah Addison.«

Während ich den Namen in das Suchfeld eingab, öffnete sich wie durch Zauberhand die Tür. Eine Frau mit ausladendem beigefarbenem Hut, einem etwas zu kurzen Sommerkleid und einem farbenfrohen Halstuch kam herein. Hinter sich zog sie einen üppigen Rollkoffer her.

Ich grüßte sie freundlich und signalisierte ihr sogleich, dass ich gerade noch beschäftigt wäre, mich allerdings im Anschluss daran schnellstmöglich um sie kümmern würde.

103

Ohne zu wissen, wie ich das überhaupt anstellen sollte. Aber ich wollte den Teufel mal nicht an die Wand malen.

Ich konnte das. Schließlich hatte ich studiert, einen guten Abschluss gemacht und war in der Firma dafür bekannt, dass ich mich über das Maß um die Kunden kümmerte.

Während die meisten meiner Kollegen ihren Dienst streng nach Vorschrift machten, bemühte ich mich, einen Zugang zu den Menschen zu finden. Denn meist lag das wirkliche Problem viel tiefer, als es auf den ersten Eindruck schien.

Nicht selten hatten mir die Kunden bestätigt, dass meine Beratung in betriebswirtschaftlichen Fragen anhand der Analyse und Optimierung der Geschäftsabläufe viel weitgehender war als die meiner Kollegen. Auf diese Weise hatten die Firmen, mit denen ich zusammengearbeitet hatte, einen besseren Weg für den Zusammenhalt im Unternehmen selbst einschlagen können. Und das dauerhaft. Die Lösung aller Probleme hatte sich meistens gar nicht ausschließlich in den Zahlen niedergeschlagen, sondern hatte mit den Organisationsstrukturen und der Mitarbeiterführung zu tun. Mein ganzheitlicher Ansatz hatte die Kunden auf die richtige Fährte geführt.

Doch meine Vorgesetzten wollten davon nichts hören. Für sie zählte nur, dass ich für die Abarbeitung meiner Aufträge meist mehr Zeit benötigte als meine Kolleginnen und Kollegen.

Der Einwand, dass meine Kunden kein zweites Mal vorstellig werden mussten, wurde ebenso von der Hand gewiesen. Schließlich war die Hambüchner AG nicht die Caritas. Sie waren ein Wirtschaftsunternehmen, das sich über jeden weiteren Auftrag freute. Folglich war ich schlecht für das Geschäft.

Die ältere Dame lüftete ihre Sonnenbrille und sah mich genervt an. Offenbar war sie es nicht gewohnt, warten zu müssen. Ein Umstand, der mich nur noch mehr unter Druck setzte.

»Mr Addison, ich habe Ihre Buchung vorliegen«, sagte ich schließlich, als ich seine Korrespondenz mit Lara gefunden hatte.

»Das klingt schon mal gut«, erwiderte dieser lachend.

Allerdings hatte Mr Addison ja nicht angerufen, um mich zu fragen, ob seine Reservierung Bestand hatte. Vielmehr wollte er wissen, ob er die Buchung verschieben konnte.

Das wiederum konnte ich über das E-Mail-Programm nicht einsehen. Im Kalender waren keinerlei Termine hinterlegt. Es musste also noch ein anderes Programm geben, das Lara für die Koordination der Buchungen verwendete. Nur wo?

Suchend scrollte ich mit meinen Augen über den Monitor. Der Name LittleHotelier sprang mir ins Auge. *Bingo*, dachte ich mir und hoffte, dass ich hier fündig werden würde.

Doch anstatt mich über diesen Fund freuen zu können, hörte ich bereits das genervte Schnauben der Dame mir gegenüber. Resolut stand sie vor mir und hielt ihre Augen streng auf mich gerichtet. Noch nie in meinem Leben hatte ich mich derart kontrolliert gefühlt.

Aber es gab ja bekanntlich für alles im Leben ein erstes Mal.

So auch in dem Fall, als ich besagtes Programm zu öffnen versuchte. Dabei war es nicht mit einem Passwort geschützt – zum Glück –, doch kaum dass ich den LittleHotelier angeklickt hatte, begann der Drucker neben mir seine Arbeit. Und hörte nicht mehr damit auf.

»Mr Addison, ich notiere mir Ihre Anfrage und melde mich zeitnah bei Ihnen zurück«, versuchte ich den Gast am Hörer auf später zu vertrösten.

»Da bin ich leider geschäftlich unterwegs. Können Sie denn nicht jetzt gleich etwas für mich tun? Es wäre wirklich sehr wichtig«, behauptete er.

Vielleicht war dem ja auch so. Aber ich hatte nicht nur eine scharfe Beobachterin mir gegenüber und ein Programm vor mir, das nicht das tat, was es tun sollte, sondern auch das dröhnende Rattern des Druckers im Ohr, der einfach nicht aufhören wollte zu drucken. Zudem ließ er sich dummerweise nicht abschalten. Egal, welchen Knopf ich auch betätigte und wie oft ich den Druckauftrag unterbrach, das Gerät arbeitete eifrig weiter.

»Wir melden uns schnellstmöglich zurück«, erklärte ich Mr Addison, während ich abermals alle Knöpfe in wahlloser Kombination betätigte und nichts geschah.

Wobei das nicht ganz stimmte. Die Dame am Tresen schnaubte abermals verächtlich und fragte dann: »Wie lange soll dieser Zirkus hier noch weitergehen?«

Dabei deutete sie zu mir, dann zum Drucker und anschließend zum Monitor.

Geistesgegenwärtig hatte ich die Sprechmuschel des Hörers mit meiner Hand abgedeckt, sodass Mr Addison nicht hören konnte, was sie soeben zu mir gesagt hatte.

»Ich bin gleich für Sie da«, kommentierte ich ihre Unverschämtheit und versuchte dabei so ruhig und gelassen zu klingen, wie es mir möglich war.

Aber auch ich war nur ein Mensch. Ein Mensch, der sich gerne um andere kümmerte, allerdings in Stresssituationen nicht ganz er selbst war. Und auch auf die Gefahr hin, mich zu wiederholen: von der Materie so überhaupt keine Ahnung hatte.

»Wie lange soll dieses Gleich denn noch dauern? Ich warte hier schon geschlagene zehn Minuten. Das bin ich nicht gewöhnt. Normalerweise wartet man auf mich. Eine Zumutung ist das. Eine Zumutung sondergleichen. Ich möchte augenblicklich den Geschäftsführer sprechen.«

Suchend blickte sie sich zu allen Seiten hin um, während ich abermals das Problem mit dem Drucker zu beheben versuchte und Mr Addison freundlich, aber mit Nachdruck darauf hinwies, dass sich sein Anliegen leider nicht sofort bearbeiten ließ.

Wenn auch nicht ganz so zufrieden, wie ich ihn viel lieber entlassen hätte, beendete er schließlich das Gespräch mit mir, sodass mir nur noch zwei Baustellen blieben. Dabei wusste ich nicht, welche die schwierigere war.

»Machen Sie doch endlich dieses Getöse aus. Man kann sich bei diesem Lärm ja weder unterhalten noch einen klaren Gedanken fassen. Hören Sie mich denn nicht? Ausmachen, sage ich! Sofort!«

»Das würde ich ja gerne«, jammerte ich. »Aber ich habe keinen blassen Schimmer, wie ich das anstellen soll.«

Anstatt weiter auf die Knöpfe des Druckers einzuhämmern, wandte ich mich abermals dem Monitor zu und schloss das Programm, das ich zuvor geöffnet hatte, um Mr Addison zu helfen.

Doch leider führte auch das nicht zum gewünschten Ergebnis. Der Drucker zog nach wie vor Seite für Seite ein und spuckte unaufhörlich Datensätze heraus. Offenbar war das das Adressbuch, in dem alle Gäste, die je hier im B&B Urlaub gemacht hatten, notiert waren.

Nun wusste ich auch nicht mehr, was ich noch tun sollte.

Schon im nächsten Moment war ich versucht, nach Leonore zu rufen, als der Drucker plötzlich innehielt. Das dröhnende Rattern hatte ein Ende gefunden. Erleichtert blickte ich auf und wandte mich dann zum Drucker hin, dabei erschrak ich dermaßen, dass ich beinahe einen Schrei ausgestoßen hätte.

Denn der Drucker hatte nicht einfach aufgegeben oder ein Erbarmen mit mir gehabt. Nein, ihm wurde schlichtweg der Saft abgezogen. Und das von niemand Geringerem als Jason höchstpersönlich.

»Was machst du denn hier?«, blaffte ich ihn an.

Woraufhin die Dame am Tresen lautstark auf sich aufmerksam machte.

»Hey, Sie da. Ich warte schon viel länger darauf, dass sich hier in diesem Saftladen endlich mal jemand um mich kümmert. Stellen Sie sich gefälligst hinten an und warten Sie darauf, bis Sie dran sind. Ja? Ich bin hier nicht zum Spaß. Dies ist mein Jahresurlaub, mein Lieber. Und von dem habe ich dank der kompetenten Rezeptionistin bereits«, sie blickte wutschnaubend auf ihre Armbanduhr, »fünfundzwanzig Minuten verloren.«

Anstatt mir eine Antwort auf meine Frage zu geben, wandte Jason sich der Dame zu.

»Es tut mir wahnsinnig leid, dass Sie warten mussten. Wie wäre es mit einem Sekt auf Kosten des Hauses?« Dann ging er zu ihr hinüber und nahm ihr den Koffer ab. »Gehen Sie ruhig in den Garten. Es kommt gleich jemand, um Sie zu bedienen. Bis dahin können Sie Ihr Gepäck einfach hier stehen lassen. Wir kümmern uns darum, Mrs …«

»Nottingham«, erklärte sie, nahm dann ihre Sonnenbrille, setzte sie auf und rauschte ab.

Jason und ich sahen ihr nach, bis sie in den Garten verschwunden war. Gleichzeitig musste ich darüber nachdenken, warum mir die Idee mit dem Stecker nicht gekommen war. Es war doch schließlich die naheliegendste Lösung. Aber warum einfach, wenn man es auch kompliziert haben konnte?

»Was? Wie? Woher?«

Sobald Mrs Nottingham nach draußen verschwunden war, wandte ich mich meinem nächsten Problem zu: Jason.

»Anna, es tut mir leid, dass ich dich so überfalle. Aber ich muss ganz dringend mit dir reden«, beschwor er mich.

»Weiß deine Verlobte, dass du hier bist?«, fragte ich ihn und verschränkte demonstrativ die Arme vor der Brust.

So einfach würde ich es ihm ganz bestimmt nicht machen.

»Beverly tut nichts zur Sache. Ich wollte dir erklären, wie …«

Das konnte ich so nicht stehen lassen.

»Wie kannst du sagen, sie täte nichts zur Sache? Schließlich ist sie deine Verlobte. Ihr habt vor, in absehbarer Zeit zu heiraten. Du erinnerst dich?«

»Ja, genau aus diesem Grund bin ich doch hier.« Jason fuchtelte mit Händen.

Offenbar war er auch kein Freund von stressigen Situationen. Prima. Noch eine Gemeinsamkeit. Zu dumm, dass sich dadurch nichts verändern würde. Jason war verlobt. Und zwar nicht mit mir.

»Du bist also hier, weil ihr bald heiraten wollt?«, hakte ich nach.

»Was? Nein!«

Jason schüttelte vehement den Kopf.

»Ich bin nicht hier, weil Beverly und ich heiraten wollen. Ich bin hier, weil ich dich sehen und dir erklären wollte, wie es dazu kommen konnte.«

Abwehrend hob ich meine Hände in die Höhe und gab mich tough.

»Jason, spar dir deine Worte. Was in Neuseeland war, bleibt in Neuseeland.«

Ratlos sah er mich an. Offenbar hatte er im Gegensatz zu mir noch nie den Film *Hangover* geschaut.

Also holte ich weiter aus.

»Was ich damit sagen will: Das ist deine Angelegenheit. Wir hatten unsere Zeit in Neuseeland. Und das ohne irgendwelche Versprechungen.«

Es fiel mir schwer, so kalt und abgebrüht zu klingen. Denn im Grunde meines Herzens war ich das genaue Gegenteil. Aber ich musste mich schützen. Mich und mein Herz.

»Lass es mich doch wenigstens erklären«, flehte er.

»Ich wüsste nicht, was es da noch zu erklären gäbe. Du hast eine Wahl getroffen und damit eine Entscheidung für uns beide gefällt, Jason. Also, warum bist du hier?«

Jason raufte sich das Haar. Offenbar hatte er nicht mit so viel Widerstand meinerseits gerechnet.

»Aber ich hatte doch nie eine Wahl. Verstehst du denn nicht?«

Die Verzweiflung, die plötzlich aus seiner Stimme herauszuhören war, traf mich mitten ins Herz.

»Wo bleibt denn nun mein Sekt?«, meldete sich Mrs Nottingham im denkbar unpassendsten Augenblick zurück.

»Der kommt sofort«, erwiderte Leonore geistesgegenwärtig, während sie die Treppe herunterschritt.

Emma war nicht bei ihr. Also hatten sie das Wasserproblem offenbar lösen können. Wenigstens eine Baustelle, die ich gedanklich abhaken konnte.

»Ich mach das schnell«, sagte ich Leonore.

Doch diese bedeutete mir mit einem Blick zu Jason, an Ort und Stelle zu bleiben.

Sie hatte ihn erkannt. Natürlich hatte sie ihn erkannt. Erst vorhin im Garten hatte sie mir ja erzählt, dass sie ihn bereits früher auf den Highland Games wahrgenommen hatte.

Wie vermutlich sehr viele Frauen.

Denn Jason war wahrlich charismatisch, wie er so vor mir stand. Heute hatte er den Kilt gegen eine Blue Jeans und ein einfaches blau-weiß gestreiftes Hemd eingetauscht. Dazu trug er weiße Sneakers.

Seine Haare saßen perfekt, sein leicht geöffneter Mund wirkte verheißungsvoll, nur seine Augen leuchteten heute nicht wie sonst. Sie sahen matt und fahl aus. Als hätte er die ganze Nacht nicht geschlafen.

»Ich bin gleich bei Ihnen«, richtete Leonore das Wort an Mrs Nottingham und erntete dafür sogar ein freudiges Lächeln von ihr.

»Wie schön, dass Sie da sind, meine Liebe.« Augenscheinlich war Mrs Nottingham nun beruhigt, dass sich jemand um sie kümmerte, der mehr Kompetenz vorweisen konnte, als ich sie an den Tag gelegt hatte.

Mir entging nicht der leicht tadelnde Blick, den sie mir in diesem Moment zuwarf. Doch ich versuchte dieser Situation nicht mehr Bedeutung zuzumessen, als sie verdient hatte. Mrs Nottingham würde ihr gebuchtes Zimmer in absehbarer Zeit beziehen, und auch Mr Addison konnte mit Sicherheit geholfen werden. Warum sollte ich mich also unnötig verrückt machen? Es bestand überhaupt keine Notwendigkeit dazu.

Schließlich sah ich mich noch ganz anderen Problemen in Form eines durchtrainierten ein Meter neunzig großen Mannes gegenüber.

»Hatten Sie eine gute Anreise?«, fragte Leonore und wandte sich Mrs Nottingham zu.

113

Als sie an mir vorbeiging, berührte ihre Hand sanft meinen Unterarm. Dabei zwinkerte sie mir unauffällig zu.

Ich wusste, was sie mir damit sagen wollte. Und ich spürte die Kraft, die mir das Gefühl gab, eine Verbündete in dieser Angelegenheit zu haben.

»Wie hast du das gemeint, dass du nie eine Chance hattest?«, fragte ich schließlich nach, als Leonore und Mrs Nottingham zur Tür hinausgegangen und wir damit wieder allein waren.

Jason seufzte.

Noch vor wenigen Minuten konnten ihm die Worte nicht schnell genug über die Lippen kommen. Jetzt tat er sich offenkundig schwer damit, mir eine angemessene Antwort zu geben. Sehr schwer sogar.

Er raufte sich das Haar, schien einen Anfang für etwas zu suchen, das sich schwer in Worten erklären ließ. Ich sah die Verzweiflung in seinem Blick und die Sorge vor meiner Reaktion.

»Beverly und ich ... Wir sind nicht ... Das ist keine Liebe«, begann er zu erklären.

Wie gebannt hing ich an seinen Lippen. Keine Liebe? Warum heiratete man unter diesen Umständen? Ich verstand nicht, was Jason mir zu sagen versuchte.

»Was ist es dann?«, hakte ich nach, als er nicht weitersprach.

Zur Antwort seufzte er abermals.

»Es ist eine Abmachung, die vor langer Zeit getroffen wurde. Zwischen meiner Großmutter und Beverlys Großeltern.«

Ich verstand noch immer nicht, worauf er hinauswollte. Dementsprechend irritiert sah ich ihn an. Das war vermutlich auch der Grund, warum er nun weiter ausholte.

»Meiner Familie gehört die Whiskey-Brennerei in Muir of Ord, eine der ältesten und bekanntesten Brennereien des Landes. Meine Großmutter ist die Geschäftsführerin des Unternehmens. Für die Firma würde sie alles tun. Zumindest alles, was nötig ist, um sie auch in Zukunft wettbewerbsfähig mit den übrigen Destillerien des Landes zu halten.«

»Und wie genau wirkt sich die Verlobung mit Beverly auf dieses Vorhaben aus?«

Das Telefon klingelte. Sicher Mr Addison, dem das alles viel zu lange dauerte. Ich fühlte mit ihm. Schließlich erhoffte ich mir auch seit einer halben Ewigkeit, endlich Antworten von Jason geliefert zu bekommen.

Jason deutete auf das Gerät.

Ich schüttelte den Kopf.

»Der Anrufbeantworter ist eingeschaltet«, erklärte ich.

Eine weise Maßnahme, die ich vorausschauend getroffen hatte, nachdem ich das Gespräch mit Mr Addison beendet hatte. Dabei war es mir in erster Linie darum gegangen, mich ungestört um Mrs Nottingham kümmern zu können.

»Beverlys Familie hat ebenfalls eine Whiskey-Brennerei in Aberfeldy«, ließ er die Bombe platzen.

Wie durch Zauberhand fügten sich nun die einzelnen Informationen in meinem Kopf zu einem großen Ganzen zusammen. Das Bild wurde wie bei einem Puzzle immer klarer. Ich verstand nun. Und konnte es doch nicht glauben.

»Du heiratest Beverly also, weil deine Familie das von dir erwartet?«

Jason überlegte kurz, dann nickte er.

»Es gibt da diesen Vertrag, den meine Großmutter mit Beverlys Großeltern geschlossen hat. Darin steht, dass die Bouverys unsere Brennerei zu einem Spottpreis erhalten, sollte ich Beverly nicht bis zu ihrem dreißigsten Geburtstag heiraten.«

»Krass«, entfuhr es mir. »Dass solche Abmachungen noch am Ende des 20. Jahrhunderts getroffen wurden, ist kaum vorstellbar.«

Jason zuckte mit den Schultern.

»Aber so ist es leider. Ich habe es selbst kaum glauben wollen«, gestand er mir ein.

»So, Mrs Nottingham, dann will ich Ihnen mal die Schlüssel für Ihr Zimmer geben«, sagte Leonore, kaum dass sie die Tür für ihren Gast geöffnet hatte.

Mir bedeutete sie dabei mit einer Kopfbewegung in Richtung der Tür, dass ich mit Jason besser hinausgehen sollte.

Die übrigen Gäste des B&Bs waren sicher noch eine Weile am Strand. Und Emma hoffentlich unter ihrer warmen Dusche. Im Garten sollten wir also ungestört reden können. Ganz im Gegensatz zur Rezeption, wo bereits zum wiederholten Mal das Telefon klingelte.

Gerade als ich mich mit Jason auf den Weg machte, hörte ich, wie Leonore den Hörer abnahm und Mr Addison herzlich begrüßte. Leonore kannte wirklich alle Gäste des Hauses. Kein Wunder, sie hatte zuvor schon für Cailans Mum gearbeitet. Seit dem Tod ihres Mannes hatte sie ihre Freundin unterstützt, wo sie nur konnte. Auf diese Weise hatte sie natürlich auch alle Gäste kennengelernt. Dennoch fand ich es faszinierend, wie gut sie all die Details behielt. Da fühlte man sich als Gast gleich wie zu Hause, wenn man auf so herzliche Art und Weise willkommen geheißen wurde.

Als wir nach draußen in den Garten traten, musste ich meine Lider ein wenig zusammenkneifen. Die Sonne schien mir direkt in die Augen.

Ich wies Jason den Weg zu einem Tisch und zwei Stühlen im hinteren Bereich, wo wir ungestört miteinander reden konnten. Ein Blumenmeer umlagerte uns. Hier wuchsen neben Rosen und auch Hortensien und Kosmeen und Duftwicken waren ebenso zu erkennen. Daneben befanden sich noch viele weitere Blumensorten, von denen ich zumeist den Namen nicht kannte.

Neben den Himbeeren, die ich gefühlt in einem anderen Leben gepflückt hatte, gab es noch Brombeeren, Johannisbeeren und Stachelbeeren, die darauf warteten, geerntet zu werden. Der ganze Garten roch süßlich und blumig. Eine wohlige Atmosphäre, in der man sich nur wohlfühlen konnte. Auch wenn die Unterhaltung mit Jason nicht unbedingt dazu beitrug.

»Was wäre, wenn du sagen würdest, dass du Beverly nicht heiraten möchtest?«, setzte ich unser Gespräch fort.

Bei meiner Frage zitterte meine Stimme ein wenig.

Jason hatte zwar mit keiner Silbe gesagt, dass er gekommen war, um mich zu sehen und um da anzuknüpfen, wo wir in Neuseeland aufgehört hatten. Und dennoch war da diese naive Hoffnung in mir, es könnte doch noch weitergehen. Irgendwie.

Gleichzeitig wusste mein Verstand ganz genau, wie die Sache hier enden würde. Spätestens Jasons Blick gab mir hinreichend Auskunft darüber.

»Das geht nicht. Ich … Du kannst dir nicht vorstellen, was es bedeutet, ein McCallister zu sein. Wir sind eine Familie. Jeder steht für jeden ein. Wenn ich mich dieser Vereinbarung widersetzen würde, hätte das Auswirkungen auf alle anderen Familienmitglieder.«

Jasons Stirn war leicht gefurcht, als er endete.

»Du trägst eine immense Verantwortung auf deinen Schultern«, bestätigte ich ihm nach einigen Minuten des

Schweigens, in denen ich versuchte, mich mit der Materie auseinanderzusetzen.

»Dann verstehst du es?«

Jason schien verwundert über meine Worte.

Ich nickte.

»Du heiratest Beverly zum Wohl deiner Familie. Auch wenn ich eine solche Übereinkunft ziemlich antiquiert finde, kann ich nachvollziehen, warum du dich an die Spielregeln hältst.«

Es fiel mir leichter, die Worte über die Lippen zu bringen, als mir einzugestehen, was diese Tatsache mit mir anstellte.

Vor Jasons Ankunft konnte ich wütend und verletzt sein, ihn für den Schwerenöter schlechthin halten und ihm alles erdenklich Böse wünschen. Jetzt, da ich wusste, wie es dazu gekommen war, dass auf den Highland Games seine Verlobung mit Beverly bekannt gegeben worden war, hatte ich Mitleid mit ihm.

Auf Jasons Lippen zeichnete sich ein angedeutetes Lächeln ab.

»Ich hätte nicht erwartet, dass du so was wie Verständnis für mich aufbringen würdest. Nicht, nachdem du nach einem unerwarteten Wiedersehen mit mir gleich erfahren musstest, dass ich heiraten würde«, gestand Jason mir ein.

Verständnis für seine Situation konnte ich aufbringen. Das war nicht der springende Punkt. Denn Verständnis hätte ich ebenso für einen wildfremden Menschen in einer ähnlichen Lage gehabt.

Was mir fehlte, war eine Erklärung von Jason, warum er mich ausfindig gemacht hatte und heute hier im B&B meiner besten Freundin vorbeigekommen war. Was war der Grund für sein Erscheinen? War es nur die Absicht, die Dinge richtigzustellen, oder ging es ihm noch um etwas anderes?

»Und angesichts der Tatsache, dass du aus Neuseeland einfach abgehauen bist und dich nicht mal von mir verabschiedet hast«, ergänzte ich die Liste.

Jasons verlegener Blick, das Raufen seiner Haare – das alles gab ausreichend Auskunft darüber, wie sehr ihn dieses Thema mitnahm.

»Ich bin damals nicht ganz freiwillig zurückgeflogen. Meine Familie hat mich nach Hause beordert. Die Sache mit Beverly wurde dringlich«, erklärte er mir.

Dann zögerte er kurz, öffnete den Mund, als wollte er abermals etwas sagen, schloss ihn dann jedoch wieder unverrichteter Dinge.

»Ich verstehe«, erwiderte ich abermals, während das Drängen in mir fast übermächtig wurde.

Was wollte er von mir? War er nur gekommen, um sein Gewissen zu erleichtern? Um mir zu erklären, dass er nicht anders konnte? Aber was hatte das für einen Zweck? Letztlich würde er Beverly heiraten. Ein Fakt, der fest verankert war. Für ihn und mich gab es folglich keine Zukunft. Oder?

Als Jason keine Anstalten machte, etwas zu sagen, entschied ich mich schließlich, das Ruder in die Hand zu nehmen. Ich brauchte Klarheit. Und das bedeutete auch, dass ich Jason nicht einfach wieder gehen lassen konnte, ohne ein paar Dinge mit ihm zu klären.

»Warum bist du gekommen?«, stellte ich schließlich die Frage, die für mich das meiste Gewicht hatte.

Jason zog die Augenbrauen zusammen und sah mich irritiert an.

»Na ja, um dir zu erklären, was das zwischen Beverly und mir ist, und um mich dafür zu entschuldigen, dass du es auf diese Weise erfahren musstest.«

Das war nicht ganz die Antwort, auf die ich gehofft hatte. Aber ich konnte nichts erzwingen.

Mit keiner Silbe hatte er angedeutet, dass es in diesem ganzen Chaos auch um uns ging. Aber vermutlich gab es kein Uns mehr. Schließlich waren wir uns auf einem ganz anderen Kontinent begegnet, unsere unbeschwerte Zeit am Meer kam mir vor wie ein Traum. Hier galten andere Regeln. Regeln, die vor einer langen Zeit vereinbart wurden und die noch heute Bestand hatten. Regeln, die ein Uns gar nicht einkalkuliert hatten.

»Dann danke ich dir dafür, dass du gekommen bist. Woher wusstest du eigentlich, wo du mich finden würdest?«

Jason fuhr sich verlegen durchs Haar und sah mich dabei aus niedergeschlagenen Augen an.

»Ich habe ein paar Bilder durchgesehen«, erklärte er und lächelte unbeholfen.

»Bilder?«

Wie konnten Bilder Aufschluss darüber geben, wo ich mich aufhielt? Und wer hatte ihm diese Bilder gegeben?

»Bei den Highland Games werden jedes Jahr rund tausend Fotos gemacht, die im Anschluss an die Veranstaltung auf der Homepage hochgeladen werden. In diesem Jahre waren es, um genau zu sein, tausendeinundfünfzig Bilder.«

Bei Jasons Worten blieb mir der Mund offen stehen.

»Du hast tausendeinundfünfzig Bilder durchgesehen, um mich zu finden? Warum tust du das?«

Meine Gedanken überschlugen sich.

Jason sah mir fest in die Augen.

»Liegt das denn nicht auf der Hand?«

Sein Kopf war leicht zur Seite geneigt, als er das sagte. Er wirkte nervös und unsicher. So hatte ich ihn noch nie erlebt. Aber was wusste ich denn schon über ihn? Wir hatten uns gerade einmal vierzehn Tage in Neuseeland gekannt, als er schon wieder zurück nach Schottland geflogen war. Vierzehn Tage in Urlaubsstimmung am Strand waren nicht mit dem Alltag vergleichbar. Und sie hatten schon gar nichts mit einer traditionsreichen Familie zu tun, der das Wohl der hauseigenen Whiskey-Brennerei über das Liebesglück des einzelnen Familienmitglieds ging.

Bevor Jason meine Hand ergreifen konnte, erhob ich mich ruckartig von meinem Platz.

»Jason, was erwartest du von mir? Dass ich deine Geliebte spiele und mich im Hintergrund halte, bis du irgendeine Lösung gefunden hast, dich von Beverly zu trennen? Ich bin nicht Camilla Parker-Bowles«, schmetterte ich ihm entgegen.

»Und ich nicht Prince Charles«, erwiderte er und strich sich dabei wie zum Beweis übers volle Haupthaar.

Ich wollte nicht schmunzeln. Wirklich nicht. Es geschah gänzlich gegen meinen Willen.

»Anna, ich habe keinen blassen Schimmer, wie das mit uns gehen kann. Ich weiß nur, dass ich tausendeinundfünfzig Bilder auf der Suche nach dir durchgeklickt habe und noch weitere tausendeinundfünfzig Bilder billigend in Kauf genommen hätte, als es darum ging, dich zu finden.«

Nun stand auch er auf.

»Seit wir uns in Neuseeland das erste Mal gesehen haben, krieg ich dich einfach nicht mehr aus meinem Kopf. Ich dachte, es würde einfacher werden, wenn ich gehe, ohne mich von dir zu verabschieden. Denn unterschwellig wusste ich genau, warum meine Familie mich nach Hause rief. Schließlich schwebte das Damoklesschwert bereits seit meiner Kindheit über mir. Dass es ausgerechnet dann heruntersausen würde, wenn ich dich kennenlerne, damit hatte ich jedoch nicht gerechnet.«

Jason griff wieder nach meinen Händen. Dieses Mal ließ ich ihn gewähren, während mir das Herz ganz schwer wurde und sich Tränen in meinen Augen sammelten.

Nie zuvor in meinem Leben hatte mir ein Mann so eine schöne Liebeserklärung gemacht. Ich konnte mich nicht mal daran erinnern, wann Max mir zuliebe auf einen seiner Horrorfilmabende verzichtet hätte, um mit mir einen Liebesfilm anzusehen.

Als mir die Tränen über die Wangen kullerten, sah Jason mich beunruhigt an. Er verstand nicht, wie wertvoll seine Worte für mich waren, wie sehr es mich rührte, dass ich es wert war, dass jemand tausendeinundfünfzig Bilder durchsah, um einen Hinweis darauf zu erhalten, wo er mich finden konnte. Ja, ich war es wert, dass jemand sich um mich bemühte.

»Es tut mir leid, wenn ich dich mit meinen Worten verletzt habe«, sagte Jason mit erstickter Stimme.

»Nein, d-das ist e-es nicht«, stammelte ich.

»Was bringt dich dann zum Weinen?«, fragte Jason einfühlsam nach und strich mir dabei sanft mit seinem Handrücken über die Wange.

»Es ist nur … Ich kann mich nicht daran erinnern, dass je ein Mann tausendeinundfünfzig Bilder durchgeklickt und nach einer Spur von mir abgesucht hätte. Das ist … Ich weiß gar nicht, was ich dazu sagen soll … Und dann ist ausgerechnet dieser Mann, der so viel auf sich nimmt, um mich wiederzusehen, mit einer anderen verlobt. Das ist so …«

»… ungerecht?«, beendete Jason meinen Satz, als mir plötzlich die Worte fehlten.

»Ja, genau. Ungerecht«, bestätigte ich ihm.

Das war es.

Es war schlichtweg ungerecht, dass ich einen Mann traf, den ich toll fand, mit dem ich gerne meine Zeit verbringen würde, und von dem ich nun wusste, dass er bereits vergeben war.

Wenn auch anders als noch heute Vormittag gedacht, zählte am Ende doch das Ergebnis. Und das besagte eindeutig, dass Jason nicht für mich zu haben war.

»Und jetzt?«

Es fiel mir nicht leicht, diese Frage zu stellen, befürchtete ich doch, dass Jason sie zum Anlass nehmen könnte, um sich von mir zu verabschieden. Es war alles gesagt. Und auch wenn er so viel auf sich genommen hatte, um mich zu finden, wie sollte es zwischen uns weitergehen? Wie *konnte* es weitergehen?

»Jetzt weißt du, dass ich tausendeinundfünfzig Bilder auf mich nehme, um einen Weg zu dir zu finden«, sagte Jason und entlockte mir damit abermals ein Lächeln.

Kapitel 14

Jason

»Brüderchen, ich weiß nicht, wie ich es sagen soll, ohne deine Gefühle zu verletzen, aber um es auf den Punkt zu bringen … du siehst scheiße aus.«

Theres hatte noch nie lange um den heißen Brei herumgeredet.

»Auch dir einen wundervollen guten Morgen, liebes Schwesterlein«, begrüßte ich sie auf der Empore, auf der wir uns beim Hinuntergehen zum Frühstück begegnet waren.

»Jetzt sag schon! Was ist los mit dir?«

Genervt hielt ich in der Bewegung inne, um mich Theres zu stellen. Schließlich wusste ich, dass sie nicht lockerlassen würde, ehe sie wusste, was sie zu erfahren erhoffte.

»Ich war gestern am Clachtoll Beach«, erklärte ich.

Theres sah mich aus zusammengekniffenen Augen an.

»Und was genau soll das bedeuten? Ist das ein Codewort für: Ich hab die Nacht durchgemacht, Hasch geraucht oder war im Striplokal?«

Über die Worte meiner Schwester konnte ich nur lächelnd den Kopf schütteln. Wann war sie so groß geworden und wieso hatte ich verpasst, ihr so etwas wie Manieren mit auf den Weg zu geben?

»Wie alt bist du noch gleich?«, stellte ich ihr eine Gegenfrage.

»Keine Ausflüchte, mein Lieber. Aber wenn du mir nächsten Monat zu meinem achtzehnten Geburtstag eine Freude machen willst, dann lass den Schlüssel deines Porsches in ein Kuvert fallen und adressiere es an mich. Eine Karte kannst du dir sparen.«

Kopfschüttelnd stand ich neben ihr.

»Du bist echt ziemlich ausgefuchst. Das war ich in deinem Alter definitiv nicht. Ich war ... anders. Ruhiger«, behauptete ich.

Nun war es an Theres zu lachen.

»Du? Ruhiger? Sprechen wir von dem Jason McCallister, der schon mit sechzehn wilde Poolpartys gefeiert hat, wenn Granny und Mum und Dad geschäftlich unterwegs waren? Meinst du den Jason McCallister, der es zu seinem achtzehnten Geburtstag geschafft hat, Grannys Lieblingsrhododendron in Flammen aufgehen zu lassen? Bist du sicher, dass du den Jason McCallister meinst, der ...«

Abwehrend hob ich die Hände in die Höhe.

»Ist ja schon gut. Ich hab dich verstanden. Und ja, du hast recht. Auch ich hatte eine ... experimentierfreudige Phase in meinem Leben. Aber das ist lange her. Mittlerweile bin ich erwachsen geworden. In absehbarer Zeit heirate ich sogar.«

Bei dem Gedanken zog sich mein Magen auf die Größe einer Erbse zusammen.

Die Hochzeit mit Beverly rückte gedanklich von Minute zu Minute immer näher. Granny hatte angekündigt, dass sie noch in diesem Jahr stattfinden würde. Wann genau, fand sie dabei nicht wichtig zu erwähnen. Nicht mal Beverly und mir gegenüber. Warum auch?

Wir waren nur die Statisten in ihrem Theaterstück. Wir hatten vorgefertigte Texte zu lernen, freudig lächelnd in die Kameras dieser Nation zu lächeln und keine Widerworte zu geben. Schließlich musste die Show perfekt sein.

»Du hast dich noch immer nicht mit der Ehe mit Beverly arrangiert. Oder?«, fragte Theres und legte mir dabei einfühlsam eine Hand auf meinen Oberarm.

Ich schüttelte den Kopf.

»Wie könnte ich.«

Theres sah mich einen Moment schweigend an.

»Hat das vielleicht irgendwas mit deinem Besuch am Clachtoll Beach zu tun?«

Meine Schwester war gut. Sehr gut sogar. Sobald sie mit der Schule fertig war, wollte sie nach London gehen, um dort Kriminologie zu studieren. Das Zeug dazu hatte sie. Schon als wir klein waren, hatte sie gerne ermittelt, Gegenstände aufgestöbert, die alle verloren glaubten, und sie hatte eines unserer Dienstmädchen überführt, das sich am Tafelsilber bedient hatte.

Nur war ich mir nicht sicher, ob Granny sie auch gewähren lassen würde. Sie würde einiges an Überredungskunst leisten müssen. Denn als Kriminologin war sie nicht besonders nützlich für die Whiskey-Destillerie.

»Vielleicht«, erwiderte ich ausweichend und wollte meinen Weg nach unten bereits fortsetzen, als Theres mich zurückhielt.

»Moment mal! So leicht kommst du mir nicht davon. Ich sehe doch, dass du mir etwas Wichtiges verschweigst.«

Mit durchdringendem Blick sah sie mich an. Dabei hatte ich das Gefühl, sie könnte bis auf den Grund meiner Seele blicken.

»Es gibt da eine Frau am Clachtoll Beach. Hab ich recht?«, fragte sie schon im nächsten Augenblick.

Ihre Kombinationsgabe war wirklich beachtlich. Die Londoner Polizei würde sich sicher freuen, eine so fähige Kollegin in ihren Reihen aufzunehmen. Diesbezüglich hatte sie meinen Segen. Nicht aber, was das Herumstöbern in meinem Privatleben anbelangte.

Auch wenn in diesem Haus die Maxime galt, alles nur erdenklich Mögliche für das Familienunternehmen zu tun, empfand ich die Tatsache, dass jeder glaubte, sich in meine Angelegenheiten einmischen zu können, nach und nach immer störender.

Das war mein Leben. Zumindest in einigen Teilen davon sollte ich das Recht haben, eigenständig zu entscheiden. Und wenn es dabei nur darum ging, Theres zu erzählen, wo ich gestern war.

»Theres, ich denke, das geht dich nichts an«, erwiderte ich schroff.

Als meine Schwester mich daraufhin verblüfft ansah, tat es mir schon wieder leid, dass ich ausgerechnet an ihr ein Exempel statuieren wollte.

Denn im Grunde erzählten Theres und ich uns immer alles. Wir waren über alles im Bilde, was das Leben des anderen anbelangte. Trotz unseres großen Altersunterschieds waren wir Geschwister wie aus dem Bilderbuch. Wir stritten uns kaum, unterstützten uns, wo immer es nötig war, und hatten ein offenes Ohr füreinander.

»Tut mir leid«, ruderte ich schließlich zurück.

»Ist schon okay«, behauptete Theres.

Allerdings zeugte der verwunderte Ausdruck in ihren Augen nach wie vor davon, wie verletzt sie von meinen Worten war.

»Du hast recht. Es gibt eine Frau am Clachtoll Beach, die mir etwas bedeutet. Wir haben uns in Neuseeland kennengelernt«, erzählte ich ihr bereitwilliger, als ich das noch vor wenigen Minuten für möglich gehalten hätte.

Theres öffnete den Mund, schloss ihn dann jedoch unverrichteter Dinge wieder. Sie schien tatsächlich sprachlos.

»Das … tut mir leid für dich. Also es tut mir leid, dass ihr euch ausgerechnet in dieser merkwürdigen Zeit kennengelernt habt. Ist sie denn aus Neuseeland angereist, weil sie dich gesucht hat?«

Ich stieß hörbar Luft aus.

»Nein, ich denke, es war mehr ein Zufall. Aber es muss dennoch ein Schock für sie gewesen sein, als sie bei den Highland Games erfahren hat, dass der Mann, mit dem sie noch vor wenigen Tagen zusammen war, in absehbarer Zeit heiraten wird.«

Theres schluckte schwer.

»Das ist echt bitter. Die Ärmste. Konntest du ihr gestern erklären, was Sache ist?«

Ich nickte.

»Teilweise schon. Allerdings werde ich trotz allem heiraten müssen. Daran lässt sich nicht rütteln«, erklärte ich resigniert.

»Und wenn du Granny die Lage schilderst? Sie ist kein Unmensch. Sie wird sicher verstehen, dass du Beverly nicht heiraten kannst, wenn du eine andere Frau liebst.« Dann zögerte sie kurz. »Du liebst sie doch. Oder?«

Ich lachte verächtlich auf.

»Granny würde nie im Leben vertragsbrüchig werden. Du weißt, dass die Bouverys unsere Whiskey-Brennerei zum Spottpreis erhalten, falls ich in die Ehe nicht einwillige. Das kann ich dem Rest der Familie einfach nicht antun. Auch wenn ich im Hinblick auf Anna gerne eine andere Wahl hätte.«

Anna hatte Verständnis für mich und meine Lage gezeigt. Was ihr in Anbetracht der Situation hoch anzurechnen war.

Allerding hatte ich keine Ahnung, wie wir nun weitermachen sollten.

Anna hatte mir unmissverständlich zu verstehen gegeben, dass sie nicht meine Geliebte sein würde, während ich mit Beverly verheiratet war. Nicht, dass ich das von ihr verlangt oder erwartet hätte.

Aber wie sollte es dann mit uns weitergehen? Würde Anna auf mich warten, wenn ich sie darum bitten würde? Und wie lange sollte sie dann warten? Ein Jahr, fünf Jahre, zehn Jahre? Wie lange musste diese Ehe existieren? Und welche Ansprüche stellte Granny eigentlich an diese Übereinkunft?

Für meine Großmutter war der Fortbestand der Familie das Wichtigste. Das ging ihr über das Wohl jedes Einzelnen von uns weit hinaus. Wenn sie mich nun also noch dazu verdonnern sollte, mit Beverly Kinder zu zeugen, war ich endgültig aus der Sache raus. Es gab Grenzen. Und meine war beinahe überschritten.

»Es muss doch eine Lösung für dieses Problem geben«, riss Theres mich aus meinen trüben Gedanken.

Ich kannte diesen Blick in ihren Augen. Er war aufgeweckt und unternehmungslustig. Noch ehe ich etwas sagen konnte, rauschte sie an mir vorbei die Treppe hinunter. Wie es aussah, hatte ich in diesem Kampf nun eine Verbündete.

Kapitel 15

Anna

Seit Jason gegangen war, konnte ich an nichts anderes mehr denken als an ihn.

»Hast du Lust auf einen Tee im Garten?«, fragte Lara mit Nachdruck in der Stimme.

Allem Anschein nach sogar schon zum zweiten Mal.

»Ja, gerne«, beeilte ich mich zu sagen.

»Prima, ich habe gerade etwas Luft, bevor die nächsten Gäste anreisen. Die wollte ich nutzen, um ein bisschen mit dir zu quatschen. Du musst total sauer auf mich sein, weil ich gerade so wenig Zeit für dich habe.«

Ich winkte ab.

»Alles gut, Lara. Ich weiß doch, dass du arbeiten musst. Das ist vollkommen okay für mich. Ehrlich.«

Lara wirkte erleichtert.

»Geh ruhig schon hinaus in den Garten. Ich komme dann über die Küche mit dem Tee zu dir.«

Neben meinem seelischen Ballast nahm ich noch zwei Sitzkissen von der Rezeption mit nach draußen. Gepolstert waren mir die Gartenmöbel am liebsten. Dort konnte ich Stunden mit Lesen und Musikhören zubringen.

Die Atmosphäre war einfach zauberhaft. Mit all den bunten Blumen, den Beeren und den Sträuchern. Das Summen und Brummen der Bienen und das Zwitschern der Vögel ergab ein einziges stimmungsvolles Konzert.

Ab und an konnte man sogar das Rauschen des Meeres hören. Der Wind trug die salzige Seeluft bis vor die Haustür und mischte sie mit den fruchtigen und würzigen Gerüchen des Gartens.

Dieser Garten am Clachtoll Beach war ein Traum.

»So, da bin ich schon«, sagte Lara, während ich mit geschlossenen Augen dasaß und mir von der Sonne das Gesicht kitzeln ließ.

Der Duft von aromatischem schwarzem Tee umfing meine Nase. Doch es mischte sich noch eine süßliche Note darunter.

Ich öffnete die Augen und erblickte eine Etagere voller Scones, Erdbeermarmelade und Clotted Cream.

»Das ist ja ein Gedicht«, jubilierte ich.

Wenn ich zu einer Erkenntnis in meinen Tagen hier in Schottland gekommen war, dann zu der, dass Scones das Leben definitiv leichter machten. Mehr noch: Die kleinen köstlichen Gebäckteilchen, die Leonore mit so viel Liebe und Hingabe in ihrer Küche im Cottage buk, waren mit Abstand die besten, die ich je gegessen hatte. Sie versüßten mir das momentan eher bittere Leben. Sie waren regelrechte Seelenschmeichler.

»Leonore hat mir gleich die ganze Etagere mit in den Garten gegeben, als sie gehört hat, dass wir zusammen Tee trinken wollen. So beharrlich habe ich sie schon lange nicht mehr erlebt.«

Bei Laras Worten überfiel mich mein schlechtes Gewissen aus dem Hinterhalt. Bisher hatte ich meiner besten Freundin immer noch nichts von Jasons Besuch erzählt.

Offenbar war Leonore der Ansicht, es wäre an der Zeit, ihr reinen Wein einzuschenken und sie auf den gleichen Wissensstand zu bringen. Und wenn ich so darüber nachdachte, musste ich ihr recht geben.

»Jason war vor einigen Tagen hier«, platzte ich ohne Vorwarnung heraus.

Anna sah mich mit großen Augen an, während sie mir Tee einschenkte. Erst jetzt wurde mir bewusst, dass sie mit dem Namen nichts anfangen konnte.

»Der Mann bei den Highland Games in Muir of Ord. Du erinnerst dich? Seine Verlobte hat mir eine Szene gemacht.«

Lara gab einen zustimmenden Laut von sich, ehe sie sich selbst Tee einschenkte und sich anschließend auf ihren Platz setzte.

»Wie hat er dich gefunden?«, hakte sie nach und sah mich dabei interessiert an.

»Er hat tausendeinundfünfzig Bilder durchgesehen«, erklärte ich und konnte nicht verhindern, dass sich dabei ein Lächeln auf meine Lippen stahl.

Lara sah mich ein wenig überrascht an.

»Ich verstehe nicht ganz«, sagte sie schließlich, als ich nicht weiter ausholte.

»Jason hat die Aufnahmen durchforstet, die auf der Homepage der Veranstaltung hochgeladen wurden. So hat er einen Anhaltspunkt dafür gefunden, wo ich mich aufhalten könnte.«

Lara hob ihre Tasse an, führte sie zum Mund und nahm einen ersten Schluck. Dabei schien sie meine Worte in einen Zusammenhang zu bringen.

»Und war seine Verlobte auch dabei?«, hakte sie nach.

Ich seufzte schwer.

»Nein, die war nicht hier.«

»Aber warum ist Jason denn hier aufgetaucht?«, wollte Lara wissen, deren Blick mir bereits verriet, dass sie eine Ahnung hatte, in welche Richtung dieses Gespräch gehen würde.

Ich seufzte abermals.

»Er wollte mir erklären, wie es nach unserer gemeinsamen Zeit in Neuseeland dazu kommen konnte, dass er nun verlobt ist«, ließ ich die Bombe schließlich platzen.

»Was? Ihr kennt euch aus Neuseeland?«, fragte Lara ungläubig. »Aber was ist denn mit Max?«

Bei Laras Frage hielt ich für einen Moment die Luft an.

An Max hatte ich bei der ganzen Sache mit Jason überhaupt nicht mehr gedacht. Ob das wohl ein Zeichen war?

»Max und ich, das war nie die große Liebe. Wir wurden eher unfreiwillig aufeinandergestoßen, als uns wirklich ineinander zu verlieben. Und jetzt, da er auch mit anderen Frauen … Ich denke, er spürt, dass das zwischen uns nicht für immer bestimmt ist.«

Lara legte ihre Hand auf meine.

»Aber wie konntest du denn etwas mit einem verlobten Mann anfangen?«

Erst jetzt verstand ich, dass sie vollkommen auf dem Holzweg war.

»Ich wusste nichts von Beverly«, erklärte ich ihr aufrichtig.

»Dann hat er dir nichts von ihr erzählt?«, fragte Lara entrüstet.

Ich schüttelte den Kopf.

»Er wusste ja selbst nichts von ihr.«

Daraufhin sah Lara mich irritiert an.

Es war klar, ich musste weiter ausholen und ihr die ganze Geschichte nebst Granny und familieneigener Whiskey-Destillerie erzählen.

»Auf den Schreck erst mal einen Scone«, sagte sie, nachdem ich geendet hatte.

»Einen?«, erwiderte ich.

»Du hast recht. Das Beste wird sein, wir verputzen gleich alle. Sicher ist sicher.«

Wir lachten. Ganz unbefangen, als gelte es nicht, die Weichen für mein zukünftiges Leben zu stellen. Dabei rauschte der Zug doch bereits ungebremst auf mich zu. Wo sollte er weiterfahren? Auf dem linken oder doch eher auf dem rechten Gleis?

Nachdem wir schweigend ein paar Minuten mit den Scones beschäftigt waren und jede von uns ihren eigenen Gedanken nachhängen konnte, ergriff Lara abermals das Wort.

»Was hast du denn jetzt vor?«

Da war sie nun, die Frage aller Fragen, und ich hatte nach wie vor keine Antwort darauf.

Ratlos saß ich vor ihr.

»Wenn ich das bloß wüsste.«

Laras Mund öffnete sich, dann schloss sie ihre Lippen jedoch wieder, ohne etwas gesagt zu haben.

Die Situation war verzwickt. In meinem bisherigen Leben hatte ich nichts Vergleichbares erlebt. Nie zuvor hatte ich mich einer so schwerwiegenden Entscheidung stellen müssen.

Ich wusste nur, dass ich an nichts anderes mehr denken konnte als an Jason. Er war mein erster Gedanke am Morgen und mein letzter am Abend. Und in der Nacht träumte ich ohnehin von ihm.

Gleichzeitig war ich mir darüber im Klaren, dass ich allein schon mit meiner bloßen Anwesenheit in eine bestehende Beziehung eingriff, wie auch immer diese geartet war. Gespielt oder nicht, für Außenstehende musste es so aussehen.

»Was hat Jason denn gesagt?«

Ich nahm einen Schluck Tee aus meiner Tasse und ließ den aromatischen Geschmack über meine Zunge meine Kehle hinunterwandern. Das Gefühl war angenehm und belebend. Dennoch wollte es mir nicht dabei helfen, die rechten Worte zu finden.

»Er hat sich entschuldigt und mir gesagt, dass er noch weitere tausendeinundfünfzig Bilder durchforstet hätte, um mich zu finden.«

Lara legte sich gerührt eine Hand auf die Brust.

»Das hört sich toll an. Ein wahrer Romantiker, dein Jason. Allerdings hat er dir damit keine klare Antwort gegeben. Oder?«

Das war genau der Punkt, der mich seit Tagen um den Schlaf brachte.

Zur Antwort schüttelte ich den Kopf.

»Ich denke, er weiß selbst nicht, was wir jetzt machen sollen.«

Vermutlich wusste er genauso wenig wie ich, ob es überhaupt noch eine Zukunft für uns geben konnte und, falls doch, wie diese dann aussehen sollte.

Ich spürte bereits, wie mich das Gefühl der Hoffnungslosigkeit übermannte und mich tief in ein schwarzes, unendlich erscheinendes Loch zog. Ein Blick hinein und es gab kein Entrinnen mehr.

»Entschuldigen Sie, ich habe eine etwas merkwürdige Frage, aber heißt eine von Ihnen zufällig Anna und kommt aus Deutschland?«

Wie aus dem Nichts tauchte plötzlich diese junge Frau vor uns im Garten auf und strahlte dabei mit der Sonne über uns am blauen wolkenlosen Himmel um die Wette.

Lara und ich warfen uns verwunderte Blicke zu.

»Ja, ich heiße Anna und komme aus Deutschland. Warum wollen Sie das wissen?«, hakte ich nach.

Fieberhaft suchte ich in dem Gesicht der Frau nach einem Anhaltspunkt, der mir Aufschluss darüber geben konnte, warum sie hierhergekommen war, um nach mir zu suchen.

Doch sosehr ich mich auch bemühte, ich fand keinen Hinweis darauf, wer sie war und was sie von mir wollte.

»Oh, wie wunderbar. Ich freue mich riesig, dass ich dich gefunden habe. Ich darf doch Du sagen, oder?«

Übermütig wie ein Teenager setzte sie sich auf die freie Bank zwischen Lara und mich, während wir beide mit unseren Blicken wie Mücken an einer Fliegenfalle hingen.

Gebannt starrten wir auf ihre Lippen.

»Ja, klar können wir das«, bestätigte ich ihr in der Hoffnung, sie würde dann endlich weiterreden.

»Wow, das sind ja mal tolle Scones. Die sehen richtig köstlich aus. Darf ich mir vielleicht einen nehmen?«

Abermals tauschten Lara und ich Blicke. Offenbar wollte die junge Frau, von der ich nach wie vor keinen Schimmer hatte, wer sie war, mit mir allein reden.

»Ich gehe in die Küche und hole ein neues Gedeck«, erklärte Lara und erhob sich dabei von ihrem Platz, ohne den Blick von mir zu wenden.

Er sprach mir Mut zu und die Gewissheit, dass sie sofort wieder auf der Bildfläche erscheinen würde, wenn ich sie brauchte. Ihr Zuspruch beruhigte mich ein wenig. Auch wenn ich nicht ahnte, was nun auf mich zukam.

»Mein Name ist Theres McCallister«, stellte sie sich mir vor, kaum dass Lara außer Hörweite war.

Als ich sie noch immer fragend ansah, ergänzte sie: »Ich bin Jasons Schwester.«

Jetzt, da sie es sagte, erkannte ich die Ähnlichkeit zu ihrem Bruder. Sie hatte die gleichen aufgeweckten Augen und das dicke braune Haar. Doch im Gegensatz zu Jason war ihr Gesicht runder, weniger kantig.

»Hallo, Theres, schön, dass du mich besuchen kommst. Was kann ich für dich tun?«, hakte ich nach, da mir die Situation nicht ganz behagte.

War sie von ihrer Familie geschickt worden, um mir zu sagen, dass ich die Finger von Jason lassen sollte? Hatten sie mitbekommen, dass er bei mir gewesen war? Oder was war der Grund für ihr Erscheinen?

Theres lächelte. Noch wusste ich nicht, wie ich es einzuschätzen hatte. Schließlich kannten wir uns nicht.

»Du redest nicht lange um den heißen Brei herum. Das gefällt mir. Ich bin auch immer sehr zielstrebig und komme gleich auf den Punkt. Tolle Eigenschaft! Ich kann verstehen, warum mein großer Bruder so verliebt in dich ist.«

Im ersten Moment wusste ich gar nicht, wie ich auf Theres' offene, leicht flapsige Art reagieren sollte. Gleichzeitig verschlug es mir den Atem, als ich realisierte, was sie da gerade gesagt hatte.

Jason war in mich verliebt? War sie sich da ganz sicher oder vermutete sie es nur? Hatten die beiden einen so engen Draht zueinander, dass er ihr das anvertrauen würde? Die beiden trennten sicher gut zehn Jahre.

»Vorneweg: Ich finde Grannys Abmachung mit den Bouverys so was von Mittelalter, das kannst du dir gar nicht vorstellen. Ich weiß nicht, ob ich, wenn ich in Jasons Lage wäre, auch so nachgiebig hätte sein können wie er. Aber mein großer Bruder ist einfach durch und durch ein Familienmensch. Und er hat das Herz definitiv am rechten Fleck.«

Theres lobte ihren Bruder in den Himmel. Offenbar wollte sie hier für ihn Sympathiepunkte sammeln. Allerdings war mir noch nicht klar, zu welchem Zweck. Schließlich galt es nicht, mich von ihm zu überzeugen, sondern eine Lösung zu finden, wie die leidige Hochzeit noch abgewendet werden könnte. Und was das anbelangte, war ich mir nicht sicher, ob sie dazu in der Lage war.

»Ja, das glaube ich gern«, bestätigte ich ihr.

Denn so hatte sich Jason mir bislang auch präsentiert. Er stand für seine Familie ein und wollte niemandem auf die Füße treten. Dass er dabei sogar bereit war, eine Ehe mit einer Frau einzugehen, die er nicht liebte, ehrte ihn. Auch wenn ich in seiner Situation alles darangesetzt hätte, etwas daran zu ändern.

»Gibt es denn keine Möglichkeit, eure Granny von ihrem Vorhaben abzubringen?«, wagte ich schließlich doch einen Vorstoß.

Theres neigte ihren Kopf bei meinen Worten leicht zur Seite. Eine Furche erschien auf ihrer Stirn. Sie schien uneinig mit sich, wie sie mir diese Frage beantworten sollte, lächelte dann jedoch und gab sich zuversichtlich.

»Ich habe da so eine Idee, wie man Granny über ihr Vorhaben zumindest noch mal nachdenken lassen könnte. Das Ganze erfordert allerdings ein wenig Glück. So gut ich meinen Plan auch finde, er kann im Ernstfall gewaltig nach hinten losgehen. Und das wäre wirklich der Worst Case.«

Theres' jugendlicher Leichtsinn gepaart mit ihrer Entschlossenheit gefiel mir. Keine Frage. Aber ich wollte nichts riskieren, was Jason schaden konnte.

»Nur wer wagt, gewinnt. So heißt es doch?«, entschied ich mich dennoch zu sagen.

Denn letztlich war die Zeit abgelaufen, in der ich Däumchen drehen und darauf warten konnte, dass sich irgendetwas zu meinen Gunsten ergab. Wenn ich nicht selbst die Initiative ergriff und Entscheidungen fällte, würde ich schon bald nach München zurückkehren und in mein altes Leben schlüpfen müssen. Und das war allerdings der Worst Case.

»Gut, dann erzähle ich dir ein paar Eckpunkte meines Plans. Ich kann leider nicht alles mit dir besprechen, da es in der ein oder anderen Situation wichtig ist, dass du ganz natürlich bleibst und man dir die Verwunderung oder das Entsetzen anmerkt.«

Bei Theres' Worten machte ich große Augen. Was genau meinte sie denn damit? Worüber würde ich verwundert oder gar entsetzt sein? Oder meinte sie am Ende sogar beides?

Je weiter sie ausholte, desto unentschlossener wurde ich. Ich spürte, wie sich mein Geist von dem Plan distanzierte und ich am liebsten zurückgerudert wäre. Noch konnte ich aus der Sache aussteigen und vorschieben, Jason nicht unnötig gefährden zu wollen.

Was letztlich auch stimmte. Auf gar keinen Fall wollte ich die Lage für ihn in irgendeiner Hinsicht verschlechtern. Was aber, wenn sich unser beider Leben doch noch verbessern ließe? War allein die Aussicht darauf nicht schon einen Versuch wert?

Während ich innerlich mit mir rang, lud Theres mich zur Tea Time auf Ghaoth Castle ein. Schon am kommenden

Sonntag würde die ganze Familie zusammensitzen, Tee trinken, Sandwiches, Petits Fours und Scones im Garten des Herrenhauses essen und über Gott und die Welt plaudern.

In Theres' Augen war das der perfekte Rahmen für den Plan, den sie ausgeheckt hatte und von dem sie meiner Ansicht nach viel zu wenig preisgeben mochte.

»Also, was sagst du? Wirst du kommen?«

Ich zögerte, ehe ich ihr eine Antwort gab. Es fiel mir nicht leicht, ihr zuzusagen, solange ich nicht haarklein wusste, was mich am Sonntag erwarten würde.

In meinem bisherigen Leben war alles genau getaktet und vorausgeplant gewesen. Dienstags waren Max und ich immer ins Kino gegangen. Mittwoch fand sein Horrorfilm-Abend statt. Donnerstags waren wir abwechselnd zu unserem Lieblingsitaliener oder zum Mexikaner um die Ecke gegangen. Sonntags waren wir entweder bei seinen oder bei meinen Eltern zum Brunchen eingeladen. Alles war genauestens getimt. Nichts war einfach so passiert.

Es kostete mich viel Überwindung, die Pros und Kontras abzuwägen und mich dabei nicht zu verrennen. Nun hieß es einen kühlen Kopf zu bewahren und aus dem Bauch heraus zu entscheiden. Das Herz sollte die Führung übernehmen, nicht mehr der Kopf.

Jetzt sollte es um mich, um meine Gefühle gehen. Nicht um das, was ich gelernt hatte, was ich besonders gut konnte oder sollte.

»Ich werde da sein«, willigte ich schließlich ein.

Und als Theres mir sogar ihre Hand reichte, schlug ich, ohne mit der Wimper zu zucken, ein.

Kapitel 16

Jason

In knapp einer Stunde würde die sonntägliche Tea Time auf Ghaoth Castle eingeläutet, die in den Sommermonaten und bei gutem Wetter immer im Rosengarten des Herrenhauses abgehalten wurde.

Das Erscheinen zu diesem allwöchentlichen Event war Pflicht. Granny legte großen Wert darauf, dass wir uns zumindest an diesem Tag alle versammelten. Und damit waren nicht nur die Familienmitglieder gemeint, die im Haus lebten.

Beverly würde heute das erste Mal dabei sein. Als Quasi-Familienmitglied hatte sie ebenfalls die ein oder andere Verpflichtung wahrzunehmen. Und auch wenn ich das Gefühl hatte, dass sie den Sonntag viel lieber mit ihrem Freund verbracht hätte, hatte sie meiner Großmutter mit einem breiten Lächeln im Gesicht zugesagt.

»Jason, mein Bruderherz, warum so nachdenklich?«

Theres hatte mich in der Bibliothek aufgestöbert. Für gewöhnlich war hier der ruhigste Ort im Haus. Aber sobald meine kleine Schwester mich gefunden hatte, war es mit der Ruhe natürlich vorbei.

»Wie kann ich dir helfen, mein Schwesterherz?«, fragte ich, einerseits dankbar für die Ablenkung von meinen trüben Gedanken und andererseits ein wenig genervt darüber, dass sie mich in meinem Schlupfwinkel entdeckt hatte.

Das hier war mein Rückzugsort.

»Ich wollte nur fragen, ob du später zur Tea Time kommen wirst.«

Theres setzte sich neben mich auf die buntgeblümte gepolsterte Fensterbank, auf der angeblich bereits William Shakespeare gesessen hatte, um eines seiner Werke zu schreiben.

Ich glaubte nicht daran. Aber es machte sich beim alljährlichen Tag der offenen Tür ganz hervorragend, wenn man mit solchen Geschichten auftrumpfen konnte. Da die Einnahmen des Tages einem guten Zweck zukamen, hatte ich mir auch nie die Mühe gemacht, die Richtigkeit dieser Angabe zu überprüfen.

»Wie könnte ich einem Event, das unsere Großmutter anberaumt und zu dem sie vollzähliges Erscheinen wünscht, fernbleiben?«

Theres grinste über meine Wortwahl.

»Manchmal kommst du mir vor wie einer dieser Adligen aus dem Mittelalter. Du könntest problemlos Prinz Eisenherz, einer der Ritter von der Tafelrunde von König Artus, sein«, behauptete sie.

Genervt verdrehte ich die Augen.

»Lass das bloß nicht Granny hören. Am Ende muss ich beim nächsten Tag der offenen Tür im Ritterkostüm aufmarschieren.«

Theres lachte über das Bild, das ich mit meinen Worten gezeichnet hatte.

»Ich könnte mir das sehr gut vorstellen. Am besten in einer der Rüstungen, die hier im Haus stehen. Komplett aus Eisen. Und das Visier müsste natürlich geschlossen bleiben. Ja, auf diese Weise würdest du wirklich sehr authentisch wirken. Nach deinem Auftritt könntest du dann auch noch problemlos als Burggespenst weitermachen. Würde genauso gut zu dir passen.«

Theres kicherte albern.

»Na warte!«, erwiderte ich und knuffte sie in die Seite, woraufhin sie ein Quieken von sich gab, das sich nach einem Schwein anhörte.

»Jetzt wissen wir auch, als was du bei der nächsten Veranstaltung auftreten kannst«, sagte ich lachend und erntete daraufhin einen Knuff in die Seite.

»Bevor der Termin irgendwann im Spätsommer ansteht, ist heute erst mal die allwöchentliche Tea Time mit Granny angesagt.«

Irgendetwas an der Art und Weise, wie meine Schwester beharrlich immer wieder auf das Ritual unserer Familienzusammenkunft zu sprechen kam, beunruhigte mich. Sie führte doch schon wieder etwas im Schilde. Allerdings hatte ich keine Ahnung, worum es sich dabei handeln könnte. Ich wusste nur eins: Es gefiel mir nicht. Es gefiel mir ganz und gar nicht.

»Was genau hast du vor?«, fragte ich schließlich unverblümt nach und sah meine kleine Schwester dabei so durchdringend an, damit mir auch ja nichts in ihrer Miene entging.

»Ich? Nichts! Wie kommst du darauf?«, gab sie sich ahnungslos.

Doch ich wusste es besser.

»Bei aller Liebe, Theres, ich kenne dich jetzt schon dein ganzes Leben lang und weiß, wenn du etwas ausheckst. Ich sehe dir das förmlich an der Nasenspitze an. Also sag es besser gleich, bevor ich es aus dir herauskitzeln muss.«

Abwehrend hob Theres ihre Hände in die Höhe.

»Ist ja schon gut, du Spielverderber. Dabei dachte ich, es wäre schöner, wenn es eine Überraschung wäre. Aber wenn du nicht möchtest, dann bist du eben selbst schuld.«

Bei Theres' Worten stellte sich augenblicklich ein flaues Gefühl in meinem Magen ein. Was zur Hölle hatte sie nur vor?

»Theres, du redest doch sonst nicht um den heißen Brei herum. Was hast du gemacht?«

Bevor sie zu sprechen begann, strich sie sich eine Strähne ihres blonden Haars aus der Stirn und legte es behutsam hinters Ohr. Ihr Blick war nun nicht mehr ganz so zuversichtlich. Offenbar spürte sie die Anspannung in mir, die ihre Ankündigung in mir ausgelöst hatte.

»Ist ja schon gut, Bruderherz. Eigentlich dachte ich immer, du wärst für jeden Spaß zu haben. Allerdings bist du in letzter Zeit ziemlich … unausgeglichen.«

Wen wunderte es? Schließlich stand ich kurz davor, eine Frau zu heiraten, die ich nicht mal ausstehen konnte. Gleichzeitig war ich im Begriff, Anna zu verlieren, die ich erst vor Kurzem kennengelernt hatte.

»Aber bevor du jetzt total austickst, sag ich dir lieber, was Sache ist.«

»Und?«, hakte ich abermals nach, als mir das alles viel zu lange dauerte.

Theres stieß hörbar Luft aus.

»Anna kommt heute.«

Drei Worte, die mich auf der einen Seite in Panik versetzten und auf der anderen Seite am liebsten in Jubelschreie verfallen ließen.

Nein, das konnte nicht sein. Anna würde nicht kommen. Oder? Warum sollte sie? Wie konnte Theres das überhaupt so genau wissen? Die beiden kannten sich doch nicht. Oder?

»Wie kommt es, dass Anna heute hier sein wird?«, fragte ich mit bebender Stimme nach.

Theres zuckte mit den Achseln.

»Ganz einfach: Ich bin zu diesem B&B gefahren, von dem du mir erzählt hast, hab sie gesucht, gefunden und gefragt, ob sie am Sonntag zur Tea Time kommen möchte.«

Meine Schwester sprach darüber, als wäre es das Natürlichste von der Welt, Anna zum Tee einzuladen. Aber wir beide wussten, dass dem nicht so war. Schließlich würde auch Beverly hier sein, um zum ersten Mal dem Familienevent beizuwohnen. Und das Ganze, während Granny Hof hielt. Das würde eine Szene geben, von der ich nicht mit Bestimmtheit sagen konnte, ob sie unblutig verlaufen würde.

»Bist du wahnsinnig? Du kannst doch nicht einfach zu Anna gehen und sie bitten, heute hier zu erscheinen. Was hast du dir nur dabei gedacht? Beverly und Granny sind auch da. Das wird … mörderisch.«

Theres lächelte wissend.

»Was glaubst du denn, warum ich sie ausgerechnet heute eingeladen habe?«, erwiderte sie mit diebischem Grinsen auf den Lippen, während sie die Arme vor dem Körper verschränkte und das Kinn weit in die Höhe hob.

»Du hast das also mit Absicht gemacht? Aber warum denn nur?«

Mit jeder Sekunde, die ich länger darüber nachdachte, verspürte ich das Bedürfnis, hinauszurennen und Anna vor dem Haus abzupassen. Sie durfte heute auf gar keinen Fall auftauchen, wenn auch Beverly hier war. Das würde Mord und Totschlag geben.

»Das bleibt mein Geheimnis.« Damit erhob sie sich von ihrem Platz und schritt ohne ein Wort in Richtung der Tür.

»Theres?«, rief ich ihr noch nach.

Sie hielt in der Bewegung inne und wandte sich abermals mir zu.

»Ja?«

Nach kurzem Zögern fragte ich sie: »Wird dein Plan aufgehen?«

Denn Theres war eine Meisterin im Pläneschmieden. Schon als kleines Kind hatte sie Mittel und Wege gefunden, ihr selbstgestecktes Ziel zu erreichen. Ich konnte mich noch gut daran erinnern, als sie ungefähr neun Jahre alt war und alles daransetzte, mit unseren Eltern nach Sardinien zu fliegen, weil sie der Überzeugung war, dass es dort Pinguine gäbe.

Ein Kind in der Schule hatte es behauptet und Theres als großer Pinguin-Fan wollte sich selbst davon überzeugen. Also hatte sie Mum und Dad so lange bearbeitet und all die Vorzüge von Sardinien aufgezeigt, bis sie sich einverstanden erklärt hatten, mit ihr hinzureisen.

Dumm nur, dass es dort dann gar keine Pinguine gegeben hatte.

Theres nickte.

»Natürlich ist mein Plan genial. Du kennst mich doch.«

Damit ging sie ihres Weges und war schon im nächsten Moment wieder verschwunden.

Während ich mir noch überlegte, ob das heute wie mit den Pinguinen enden würde, verging die Zeit wie im Flug. Und schon hieß es: Tea Time.

Kapitel 17

Anna

Mit schweißnassen Händen saß ich in Laras Wagen.

»Bist du dir sicher, dass du da allein hingehen willst? Wäre es nicht doch besser, wenn ich dich begleiten würde? Ich habe meine Pumps vorsorglich in den Kofferraum gepackt. Ich wäre also im Nullkommanichts passabel gekleidet.«

Seit ich Lara von Theres' Einladung erzählt hatte, schien sie beunruhigter über das Event als ich selbst.

Natürlich blickte ich der Tea Time auf Ghaoth Castle nicht gelassen entgegen. Ganz im Gegenteil. Davon zeugten ja auch schon meine schwitzenden Handflächen. Aber dennoch war ich froh, dass es nun eine Möglichkeit gab, irgendetwas in dieser vertrackten Situation zu unternehmen. Ob der Schuss letztlich nach hinten losging, das würde sich noch zeigen. Aber schon im Vorhinein die Flinte ins Korn zu werfen, war keine Option.

Ich hatte eine Entscheidung getroffen und stand dazu. Das war ein gutes Gefühl. Ein sehr gutes sogar.

»Nein, Lara, da muss ich allein durch. Auch wenn ich dir unglaublich dankbar für dein Angebot bin. Ich hoffe, du weißt das.«

Lara seufzte.

»Ich will nur, dass es dir gut geht. Wenn irgendwas ist, rufst du mich an und ich hole dich sofort wieder ab. Versprochen?«

Ich nickte und legte meine Hand auf Laras, die noch immer das Lenkrad umschlungen hielt, als gelte es, abrupt aufs Gaspedal zu steigen und von hier zu verschwinden. Und das mit mir im Gepäck.

»Du musst dir keine Sorgen um mich machen, Lara. Ich bin mir sicher, dass das heute ein ganz entspannter Nachmittag wird. Vielleicht habe ich sogar Gelegenheit, Jasons Großmutter kennenzulernen und mit ihr zu sprechen.«

Lara sah mich aus zusammengekniffenen Augen und mit gefurchter Stirn an.

»Was erhoffst du dir davon?«

Ich zuckte mit den Achseln.

»Das weiß ich selbst noch nicht so genau. Theres hat davon gesprochen, dass ich alles auf mich zukommen lassen soll, und ich bin bereit, die Dinge auf mich wirken zu lassen. Gut möglich, dass sie recht hat.«

Lara überlegte kurz.

»Du musst diesen Jason echt gernhaben, wenn du so viel auf dich nimmst. Hoffentlich ist er das überhaupt wert.«

Ich lachte.

»Wusstest du das denn bei Cailan gleich, dass er es wert sein würde?«, hakte ich nach und rückte dabei den Fokus von mir auf meine beste Freundin.

»Nein. Definitiv nicht. Unsere erste Begegnung verlief mehr als holprig. Wenn es nach ihm gegangen wäre, dann hätte er mich am liebsten gleich wieder abgewiesen, als ich vor seiner Tür aufgetaucht bin. Aber nach und nach lernten wir uns besser kennen, und am Ende wurde es … Liebe.«

So eine rührende Liebesgeschichte, wie Lara und Cailan sie erlebt hatten, ergab sich nicht ganz ohne Mühen.

Man musste für die Träume und Hoffnungen im Leben einstehen. Von allein kam einem nur höchst selten etwas in den Schoß geflogen. Es war besser, die Zügel selbst in der Hand zu halten, als sie abzugeben und sich in sein Schicksal zu fügen. Das wusste ich jetzt. Und allein diese Erkenntnis war schon ein Meilenstein in meiner Entwicklung.

»Ich finde das noch immer so unglaublich, dass du durch einen Zufall zum Clachtoll Beach und damit geradewegs in Cailans Arme gelaufen bist.«

Lara lachte auf.

»Wer von uns beiden lernt denn einen Mann in Neuseeland kennen und trifft ihn dann zufällig in Schottland wieder? Wenn das nicht Schicksal ist, weiß ich auch nicht.«

Eins zu null für Lara. Was das Schicksal nun vor der spektakulären Kulisse dieses Herrenhauses für mich bereithalten würde, sollte sich nun gleich zeigen.

»Aber du solltest jetzt besser reingehen, wenn du nicht zu spät kommen willst«, erinnerte mich Lara wieder an den Grund meines Kommens.

Endlich löste ich den Sicherheitsgurt, zupfte meine Bluse zurecht, richtete mein Tuch und schob meinen Rock, dessen Stoff sich während der Fahrt Stück für Stück nach oben geschoben hatte, wieder über den Knien zurecht.

»Wie sehe ich aus? Kann ich so zu einer Tea Time à la Downton Abbey? Was meinst du?«

Lara grinste.

»Du wärst so eine wunderschöne Lady McCallister«, sagte sie verträumt und hielt sich dabei voller Rührung die Hand aufs Herz.

»Erst mal gilt es, den Mann meiner Träume mit seiner jetzigen Verlobten zu entzweien. Ich kann nur hoffen, dass Theres wirklich Ahnung von dem hat, was sie vorhat.«

Als ein flaues Gefühl meinen Magen befiel, schüttelte ich leicht den Kopf und hoffte dabei, auf andere Gedanken zu kommen. Positiv denken war die Devise. Nicht: Schon zu Beginn den Kopf in den Sand stecken. Dafür würde mir später schließlich auch noch genug Zeit bleiben.

»Dann wünsche ich dir jetzt erst mal alles Glück der Welt. Du weißt, dass du mich jederzeit anrufen kannst. Sobald du mich anklingelst, sitze ich schon im Wagen, um …«

»… zu mir zu kommen. Ja, ich weiß, Lara. Aber mach dir bitte keine Sorgen um mich. Ich bin schon groß, auch wenn ich das in der Vergangenheit nicht immer so gezeigt habe. Es wird alles gut gehen«, sprach ich Lara und mir Mut zu.

Nachdem Lara weggefahren war, stand ich noch eine ganze Weile an Ort und Stelle, sah mir die Umgebung und das herrschaftliche Haus von außen an und rang mit mir, den ersten Schritt in die richtige Richtung zu machen.

Die Auffahrt zum Anwesen der McCallisters schien beinahe endlos. Noch immer wirbelte der Staub durch die Luft, den Laras kleiner Smart verursacht hatte. Das Tor, das zum Grundstück führte, war umrankt von roten Rosen und saftig grünem Efeu.

Neben der Staubnote roch es nach frischen Blumen und Sommerregen.

Weit und breit war keine Menschenseele zu sehen. Vor dem Haus parkten allerdings einige Autos. Sicher waren bereits alle im Garten, der sich auf dem weitläufigen Areal befand.

Zögerlich blickte ich mich zu allen Seiten hin um, ehe ich endlich einen Fuß vor den anderen setzte und zusah, dass ich nicht doch noch zu spät kam. Es war sicher nicht besonders förderlich, wenn man als Letzte bei solch einem Treffen erschien. Besonders dann nicht, wenn man nicht angekündigt war.

Zumindest ging ich nicht davon aus, dass Theres jemandem Bescheid darüber gegeben hatte, dass ich heute zu dem illustren Kreis dazustoßen würde. Allein beim Gedanken daran zog sich mein Magen auf die Größe einer Erbse zusammen.

Doch nun war es nicht an der Zeit, in alte Gewohnheiten zu verfallen und andere darüber bestimmen zu lassen, was ich aus meinem Leben machte. Ich wollte selbst darüber bestimmen. Das war meine Maxime. Mit allen Konsequenzen, die daraus erwachsen konnten. Positive sowie negative.

Mit einem »Super, du bist ja schon da« kam Theres auf mich zugespurtet.

Sie trug ein schickes schwarz-weißes Kleid, das ihre außergewöhnlich gute Figur betonte und ihre Jugendlichkeit unterstrich. Ihr langes blondes Haar hatte sie hochgesteckt, allerdings nicht auf diese altbackene Art wie ich bei den Highland Games.

Nein, alles an ihr wirkte frisch, trendy und äußerst gelungen.

Schon kam ich mir vor wie eine kleine graue Maus. Anstatt mich aus meinem Kleiderschrank zu bedienen, hätte ich wohl besser noch mal shoppen gehen sollen. Plötzlich fühlte ich mich schrecklich underdressed und hatte Sorge, dass ich auf diese Weise unschön aus der Menge herausstechen würde.

»Du siehst wundervoll aus«, behauptete Theres und nahm mich schon im nächsten Moment wie eine alte Freundin in den Arm.

Sie war so eine herzliche junge Frau. Ein wenig erinnerte sie mich an mich, als ich noch jung war und kurz davorstand, die Schule zu beenden. Damals hatte ich noch geglaubt, dass das Leben voller Möglichkeiten war.

Spätestens als mein Vater mir aufgezeigt hatte, was ich zu studieren hatte und wie mein weiterer Lebensweg verlaufen würde, hatte sich meine jugendliche Euphorie verloren. Dabei hatte ich ganz vergessen, dass ich es war, die die Hauptrolle in meinem Leben spielte. Nicht mein Vater. Nicht meine Mutter. Nicht mein Freund.

»Danke dir«, beeilte ich mich zu sagen. »Dein Kleid steht dir toll«, erwiderte ich.

»Danke. Wie lieb von dir«, erwiderte Theres geschmeichelt. »Bevor wir gleich zu den anderen gehen, will ich dir noch ein paar Details nennen, die dich nicht verunsichern, sondern dir eine gute Grundlage für das bieten sollen, was gleich auf dich zukommt. Okay?«

Bei Theres' Worten wurde mir ganz anders zumute.

»Okay?!«, erwiderte ich unentschlossener, als ich eigentlich klingen wollte.

»Jason weiß, dass du heute kommen wirst. Er freut sich auf dich.«

Das war eine gute Nachricht. Ich begann mich allmählich zu entspannen. Alles würde gut werden.

»Beverly wird heute auch hier sein. Granny hat sie eingeladen. Aber das ist nicht schlecht. Ganz im Gegenteil.«

Auch wenn ich Theres ansehen konnte, dass sie mir die Angst vor einem erneuten Aufeinandertreffen mit Jasons Verlobten nehmen wollte, gelang ihr das nicht gänzlich.

Vielleicht würde doch nicht alles gut werden?

»Granny hat heute gute Laune. Sie hat meinem Dad gerade einen ihrer Lieblingswitze erzählt. Das ist ein gutes Zeichen. Sonst packt sie die immer nur an Weihnachten aus. Besonders lustig sind sie nicht, sag ich dir. Aber das ist im Grunde ja nicht so wichtig. Das Einzige, was jetzt zählt, ist, dass du die Nerven behältst. Was immer auch passiert. Okay?«

Theres' Worte machten mich stutzig.

»Wie meinst du das: *Was immer auch passiert?*«, hakte ich nach.

Doch da kam Jason geradewegs auf uns zugelaufen.

Mein Herz machte einen regelrechten Hüpfer, als er sich uns näherte und mir freudig zulächelte.

Augenblicklich begannen die zarten Flügelschläge meiner verschlafenen Schmetterlinge in meinem Bauch zu wirbeln. So sehr, dass ich beinahe zu kichern angefangen hätte. Ein übermächtiges Gefühl.

»Hallo, Anna! Wie schön, dass du da bist«, begrüßte mich Jason und küsste mich dann links und rechts auf die Wange.

Ein Kuss auf die Lippen wäre mir zwar lieber gewesen, aber ich ahnte, dass wir unter Beobachtung standen – oder dass es zumindest jederzeit möglich war, dass uns jemand sah, der uns nicht beim Küssen zusehen sollte.

Jasons Verlobung war medienwirksam bekannt gegeben worden. Es würde mich nicht wundern, wenn die Paparazzi nur darauf warteten, einen Fehltritt seinerseits in Form von vielen bunten Bildern präsentieren zu können.

»Dann mal auf ins Gefecht!«, rief Theres und hakte sich bei mir und Jason unter.

Am liebsten wäre ich direkt Hand in Hand mit Jason in den Garten gelaufen. Doch ich wusste, dass das nicht ging.

Sehnsüchtige Blicke warfen wir uns zu, während wir versuchten, tapfer zu sein und abzuwarten, welchen Plan Theres da geschmiedet hatte.

Plötzlich musste ich mich fragen, ob es wirklich richtig war, sich darauf einzulassen. Schließlich kannte ich Theres überhaupt nicht. Wäre es nicht viel besser gewesen, ich hätte selbst die Initiative ergriffen?

Aber wie hättest du das denn anstellen sollen? Du kennst hier doch nichts und niemanden, gab meine innere Stimme zu bedenken. Ohne sie hätte ich von dieser Teegesellschaft schließlich gar nichts gewusst.

Nein, ich kannte niemanden außer Jason. Da hatte sie recht.

Also ergab ich mich weiter vertrauensvoll in Theres' Führung. Diesmal hatte ich mich allerdings bewusst dazu entschieden. Das war ein Unterschied zu meinem bisherigen

163

Leben. Ein riesiger sogar. Nun blieb nur zu hoffen, dass dieser auch den Unterschied machte.

Kapitel 18

Jason

Mit wild schlagendem Herzen ging ich gemeinsam mit Theres und Anna in den Rosengarten, wo Granny und der Rest der Familie bereits beisammenstand, jeder berichtete die neuesten Neuigkeiten und verspeiste hie und da eine Köstlichkeit, die auf den sieben Etageren bereitstand.

Beverly war bisher noch nicht aufgetaucht. Aber ich war mir sicher, dass sie kommen würde. Nie im Leben würde sie meiner Großmutter so vor den Kopf stoßen. Sie wusste, wie wichtig es war, dass Granny ein gutes Bild von ihr hatte.

»Ihr Lieben, darf ich euch eine Freundin vorstellen?«, sagte Theres schon im nächsten Moment.

Sie klang süß und verspielt. So wie immer. Wenn sie ebenso wie Anna und ich aufgeregt sein sollte, wusste sie diese Aufregung gut zu kaschieren.

Alle Gesichter der eingeladenen Gäste blickten in unsere Richtung. Die Gespräche verstummten. Eine erwartungsvolle Stimmung herrschte vor, während der Wind ein wenig aufbrauste und unter die Röcke einzelner Damen fuhr. Granny eingeschlossen.

»Das hier ist Anna. Sie kommt aus Deutschland und war noch nie zu Gast bei einer schottischen Tea Time«, behauptete sie.

»Hallo, Anna«, riefen die Anwesenden kreuz und quer durcheinander.

Anna hob ein wenig verlegen ihre Hand in die Höhe und bemühte sich dabei um ein unverkrampftes Lächeln. So ganz wollte es ihr allerdings nicht gelingen.

Granny schien verwundert über den ungewöhnlichen Gast, doch schon im nächsten Moment lächelte auch sie. Theres hatte offenbar die richtigen Worte gefunden, um den Neuankömmling vorzustellen.

»Herzlich willkommen auf Ghaoth Castle«, begrüßte sie Anna überschwänglich und ergänzte dann noch: »Heute ist Ihr Glückstag, meine Liebe, denn bei uns wird Ihnen eine ausgesprochen schottische Tea Time präsentiert. Soll ich Ihnen auch verraten, was die schottische Tea Time von den übrigen unterscheidet?«

Anna lächelte bemüht und nickte dabei.

»Die Herzlichkeit«, sagte Granny mit einem Schmunzeln auf den Lippen.

Dann ging sie zu Anna hinüber, hakte sich bei ihr unter und zeigte ihr alles.

Theres zwinkerte mir verschwörerisch zu. Offenbar war sie davon ausgegangen, dass genau das eintreten würde. Ihr Plan schien aufzugehen. Hoffentlich war das ein gutes Zeichen.

Denn schon im nächsten Moment zog eine Gewitterwolke in Form von Beverly auf und verdunkelte den bis dato so strahlend blauen Himmel.

»Was zur Hölle soll das?«, keifte sie mich ohne Umschweife an.

Theres bedeutete mir mit ihren Händen, ruhig zu bleiben und Beverly zu beschwichtigen. Die passende Story zu Annas Erscheinen lieferte sie mir allerdings nicht. Leider. Denn so sah ich mich in Erklärungsnöten.

»Also …«, begann ich zu sprechen, während meine Verlobte ihre Hände in die Seiten stemmte und mich ansah, als würde sie mich jeden Moment erwürgen wollen.

Meine Schwester hatte sich bereits unter die übrigen Gäste gemischt. Granny ging derweil mit Anna reihum, um ihr alle ihre Lieben vorzustellen. Danach würde sie sie sicher zum Tea-Buffet begleiten, ihr jedes Detail erklären und sie alles probieren lassen.

Dieser Umstand ließ mich innerlich ein wenig aufatmen.

»Ich höre«, forderte Beverly meine volle Aufmerksamkeit ein.

»Theres hat sie eingeladen«, sagte ich und erntete dafür einen mehr als skeptischen Blick von meiner Verlobten.

»Wem willst du hier was vormachen, Jason? «

Ihre Stimme war leise, damit uns niemand hören konnte. Aber der Nachdruck und die Bestimmtheit darin waren kaum zu überhören.

»Ich schwöre dir, dass ich die Wahrheit gesagt habe.«

Wie zum Beweis hob ich meine Rechte zum Schwur in die Höhe.

Beverly verdrehte als Antwort darauf genervt ihre Augen.

»Wenn diese Schnepfe nicht augenblicklich von hier verschwindet, dann mache ich dir so eine Szene, dass du dir wünschen wirst, nie geboren worden zu sein.«

Für den Wimpernschlag eines Augenblicks war ich doch tatsächlich versucht, über Beverlys Drohung zu lachen. So absurd kam sie mir vor. Doch mit einem Blick in ihre Augen, aus denen mir funkelnde Blitze entgegenschossen, wusste ich, dass sie es ernst meinte.

»Anna ist nur zur Tea Time hier. Danach verschwindet sie wieder«, versuchte ich sie zu beschwichtigen.

Beverly verschränkte ihre Arme vor der Brust.

»Wenn du glaubst, dass ich mich hier zur Närrin halten lasse, dann scheinst du mich schlecht zu kennen, mein Lieber.«

Ohne abzuwarten, was ich darauf erwidern würde, drehte sie sich auf der Stelle um und ging in Richtung der übrigen Gäste. Theres stand am Rand und zeigte ihren Daumen nach oben, als Beverly wild schnaubend von dannen zog.

Auch das hatte sie offenbar kommen sehen. Faszinierend, wie viel Vorstellungskraft meine kleine Schwester hatte! Perplex stand ich da, anstatt Beverly hinterherzugehen und sie von allem, was auch immer sie jetzt vorhatte, abzuhalten.

Ich suchte Anna in der Menge der Leute. Mum und Dad unterhielten sich gerade mit einer entfernten Cousine, die extra aus Edinburgh angereist war. Meine Tante Cybill machte ein langes Gesicht, als sie an den Etageren feststellen musste, dass es heute keine Eclairs gab. Dabei waren ihr diese die liebste sonntägliche Tea-Time-Leckerei.

»Ach, Jason, wie gut, dass ich dich sehe«, hielt mich mein Onkel Theodore auf. »Ich muss dringend etwas mit dir besprechen«, behauptete er.

»Hat das denn nicht bis später Zeit?«, fragte ich und sah mich dabei weiter nach Anna um.

Dummerweise hatte ich sie aus den Augen verloren. So ein Mist! Ich wollte mir nicht ausmalen, was passieren würde, wenn Beverly vor mir bei ihr wäre. Denn die sah ich merkwürdigerweise auch nicht mehr.

»Nein, es ist wirklich ganz essenziell, dass wir uns hier und jetzt darüber unterhalten«, blieb Onkel Theodore beharrlich, während ich über seine Schulter hinweg die Szene zu überblicken versuchte.

»Worum geht es denn?«, drängte ich ihn zur Eile, wenn er mir schon nicht die Möglichkeit gab, das Gespräch auf einen anderen Zeitpunkt zu verschieben.

»Ich finde, meine Schwiegermutter bevorzugt dich«, erklärte er freiheraus und sah mich dabei ernst an.

»Granny?«, hakte ich nach, da ich nicht glauben konnte, was ich da hörte.

Gleichzeitig hielt ich nach wie vor Ausschau nach den beiden Frauen. Doch zu meinem Leidwesen war nun auch noch Theres verschwunden, und Granny konnte ich ebenfalls nicht mehr ausmachen. Was war nur los?

»Natürlich Granny. Wer denn sonst?«, blaffte mich Onkel Theodore an und schob sich dabei die randlose Brille mit den runden Gläsern auf der Nase zurecht.

Sein schütteres Haar hatte er über seine Glatze gelegt und wirkte dabei schrecklich eitel, während seine mausgrauen Augen schwer auf mir ruhten und keine Widerworte duldeten.

»Ich verstehe nicht …«, hob ich an. »Inwieweit bevorzugt Granny mich denn?«

Sosehr ich mich trotz der angespannten Situation auch bemühte, Onkel Theodore gedanklich zu folgen, wollte es mir einfach nicht gelingen.

»Die Heirat mit Beverly«, warf er mir einen Brocken hin.

Seinem Blick nach zu urteilen, erwartete er von mir, dass ich genau verstand, worauf er anspielte. Aber auch mit diesem Hinweis wollte mir nicht so recht einleuchten, worauf Onkel Theodore hinauswollte.

»Onkel Theodore, du sprichst in Rätseln«, erwiderte ich genervt und wollte mich schon von ihm losreißen, um die vier Frauen zu suchen, als er mich am Arm packte und zum Bleiben zwang.

»Wir wissen doch alle, worauf das mit Beverly hinausläuft.«

Zwangsläufig würde die ganze Farce zur Scheidung führen, das war sonnenklar. Wenn es nach mir ginge, würde nicht mal die Hochzeit stattfinden. Aber das meinte er wohl nicht.

»Ich kann dir nicht ganz folgen«, erwiderte ich ehrlich.

Daraufhin gab Onkel Theodore einen undefinierbaren Laut von sich.

»Sobald du diese Frau geheiratet hast, wird Granny dir die Führung der Brennerei übergeben. Das ist so sicher wie das Amen in der Kirche.«

Ach, darum ging es ihm.

Führte meine gute Absicht, die Brennerei im Familienbesitz zu behalten, nun also dazu, dass man es mir negativ auslegte? Als ob ich es darauf angelegt hätte, dass ich bei Granny nun bessergestellt war als der Rest der Familie.

»Du kannst sie auch gerne heiraten, Theodore. Ich bin nicht scharf darauf, mein Leben angekettet an Beverly verbringen zu müssen.«

Just in diesem Moment sah ich die Silhouette einer Frau hinterm Haus verschwinden.

Ich ließ Onkel Theodore einfach stehen und eilte der Frau hinterher.

»Hey, Jason! Wir waren noch nicht fertig. Hörst du? Die Unterhaltung ist nicht beendet«, rief er wie ein Lehrer, der seine Schüler nach dem Gongschlag zur letzten Stunde vom Verlassen des Klassenzimmers abhalten wollte.

Schon wie damals mein Lehrer hatte auch Onkel Theodore keine Chance, mich zum Bleiben zu bewegen. Ich musste wissen, was mit Anna passiert war.

Ohne mir bereits in Gedanken ausmalen zu wollen, was alles in der Zwischenzeit hatte schiefgehen können, machte ich mich auf den Weg, um der Silhouette hinters Haus zu folgen.

Kaum dass ich um die Ecke gebogen war, hörte ich auch schon Beverlys keifende Stimme. Ein Wunder, dass man sie nicht bis zum Rosengarten hören konnte.

»… Du kleines, mieses Flittchen«, hob sie an, wurde dann jedoch mitten im Satz von Granny unterbrochen.

»Na, na, na, spricht man so denn mit einem Gast?«

Das Entsetzen über Beverlys Wortwahl stand ihr deutlich ins Gesicht geschrieben.

Meine Großmutter hatte Esprit und drückte sich stets sehr gewählt aus. Nie im Leben wäre sie auf die Idee gekommen, die Worte, die Beverly gerade laut ausgesprochen hatte, in den Mund zu nehmen.

»Es entspricht aber doch der Wahrheit. Schließlich ist sie nur hier, um meine Ehe mit Jason zu verhindern«, blaffte Beverly ungehalten.

Granny sah irritiert in Annas Richtung.

»Ich verstehe nicht …«

Anna sah betrübt drein. Ihr war anzusehen, wie unangenehm ihr die Situation war. Am liebsten hätte ich sie in die Arme genommen und mich ganz offen zu ihr bekannt. Aber was hieße das für meine Familie? Würde Granny unsere Brennerei an die Bouverys verkaufen, wenn ich mich außerstande sah, Beverly zu heiraten?

Im Zwiespalt zwischen den Gefühlen meines Herzens und der Vernunft, die mich zur Vorsicht ermahnte, stand ich wie angewurzelt an Ort und Stelle und musste mitansehen, wie übel der Frau mitgespielt wurde, die ich bereits nach kürzester Zeit so fest in mein Herz geschlossen hatte.

»Jason und Anna haben was miteinander. Er hat sie in Neuseeland kennengelernt«, sprudelte es nur so aus Beverly heraus.

Die Genugtuung, die ihr dabei ins Gesicht geschrieben stand, war auch auf die Entfernung hin gut erkennbar. Sie genoss jeden Augenblick in vollen Zügen. Schließlich saß sie ja nicht auf der Anklagebank.

Ganz im Gegensatz zu Anna, die kaum noch ihren Blick heben konnte.

»Ich habe Anna heute eingeladen«, erklärte Theres und ging dabei einen Schritt nach vorn, damit man sie gut sehen konnte.

»Aber warum hast du das denn getan, mein Kind? Du weißt doch, dass Jason mit Beverly verlobt ist«, fragte Granny.

»Ja, ich weiß, dass er mit ihr verlobt ist. Jeder weiß das. Aber sie sind aus den falschen Gründen zusammen«, ergriff meine kleine Schwester tapfer Partei für Anna und mich.

Sie war mit ihren fast achtzehn Jahren viel mutiger als ich. Vielleicht war es auch der Leichtsinn ihrer jungen Jahre. Vielleicht konnte sie sich über die Konsequenzen, die ihre Worte haben würden, noch kein Bild machen. Vielleicht aber war genau das der Schlüssel zum Glück.

Hieß es denn nicht: Wer nicht wagt, der nicht gewinnt?

»Wenn diese Tussi nicht augenblicklich verschwindet, dann werde ich überall herumerzählen, was Jason für ein mieses Schwein ist. Verlobt sich mit mir und hat nebenher noch was mit einer anderen laufen. So geht das nicht«, befand Beverly und verschränkte dabei siegessicher ihre Arme vor der Brust.

Sie wusste, dass sie und ihre Familie leer ausgehen würden, wenn sie diejenige von uns beiden wäre, die einen Rückzieher vor einer Ehe mit mir machte. So stand es in besagtem Papier geschrieben, das Granny vor so vielen Jahren unterzeichnet hatte.

»Ich dulde es nicht, wie du dich hier gegenüber einem Gast meines Hauses aufführst«, echauffierte sich nun meine Großmutter.

Was zu viel war, war zu viel. Und Granny reichte es jetzt. Das konnte man ihr deutlich ansehen.

Sie hatte die Faxen dicke und würde sich von Beverly nichts gefallen lassen. Theres und ich wussten ihren Gesichtsausdruck genauestens zu deuten. Dumm für Beverly, dass sie das Familienoberhaupt der McCallisters nicht einzuschätzen wusste.

»Sie kann hier kein Gast sein, wenn sie die Beziehung zwischen Jason und mir gefährdet. Ich bleibe keine Sekunde länger, falls sie nicht geht. Das ist mein letztes Wort«, bedrängte sie Granny, ein Machtwort zu sprechen.

Und das tat sie dann auch.

»Wenn du die Verlobung zu meinem Enkelsohn lösen möchtest, liebe Beverly, dann steht dir das natürlich vollkommen frei. Ich für meinen Teil werde nun zumindest nicht mehr in der Pflicht stehen, die Whiskey-Brennerei an deine Familie zu verkaufen. Richte deinen Eltern liebe Grüße von mir aus. Und ach, bevor ich es vergesse, natürlich war ich zu jeder Zeit im Bilde darüber, dass du nach wie vor die Beziehung zu deinem Freund Cameron unterhältst. Die Vereinbarungen zwischen unseren Familien sind damit sowieso hinfällig.«

Granny faltete die Hände bedächtig ineinander, während Beverly mit jedem Wort, das sie gehört hatte, eine Nuance dunkler im Gesicht geworden war. Krebsrot hatten wir gerade passiert. Nun steuerte die Farbe geradewegs auf Blutrot zu.

»Ich verbitte mir diesen Ton.« Beverly fuhr weiterhin die Krallen aus.

»Du solltest besser von hier verschwinden.« Endlich hatte ich meine Stimme wiedergefunden.

Beverly sah mich amüsiert und verblüfft zugleich an.

»Du willst mir etwas sagen? Wer bist du denn, um mich des Hauses zu verweisen?«

»Ich bin derjenige, der dich gleich hochkant hinauswirft, meine Liebe«, erwiderte ich und erntete dafür anerkennende Blicke von meiner kleinen Schwester.

Anna hob vorsichtig ihren Kopf in meine Richtung. Offenbar konnte sie noch gar nicht glauben, was hier gerade vor sich ging.

Beverly lachte auf.

»Du würdest nie etwas tun, was deiner Familie schaden könnte. Du bist ein Weichei, Jason McCallister.«

Ich wollte bereits etwas erwidern, als Granny mir zuvorkam und ein paar Schritte auf Beverly zulief.

»Niemand spricht so mit einem Mitglied meiner Familie«, zischte sie und ließ dabei keinen Zweifel daran, dass sie es ernst meinte.

»Behaltet doch eure blöde Brennerei. Ich wollte ohnehin nie in dieses verschlafene Nest ziehen. Muir of Ord ist am Arsch der Welt«, erzürnte sich Beverly weiter.

Während Granny abermals zu einem Schlagabtausch ausholte, blickte ich zu Theres und sah, wie sie übers ganze

Gesicht strahlte. War es möglich, dass sie sich vorab genau diese Szenerie ausgemalt hatte? Das konnte doch nicht sein. Oder? Wie hatte sie wissen können, dass Beverly und Granny so reagieren würden, wie sie es gerade taten?

Doch noch ehe ich weiter darüber nachdenken konnte, eilte ich hinüber zu Anna und nahm sie fest in die Arme.

»Es tut mir so leid, dass du das erleben musstest«, entschuldigte ich mich für Beverlys Verhalten.

Sie war Anna mit so viel Feindseligkeit begegnet, dass ich mich fragen musste, was sie gegen sie hatte. War sie etwa eifersüchtig auf sie gewesen? Und wenn ja, aus welchem Grund?

»Ich denke, es ist besser, wenn du jetzt gehst«, forderte Granny sie ein weiteres Mal dazu auf, von hier zu verschwinden.

»In dieser Angelegenheit ist noch nicht das letzte Wort gesprochen«, schimpfte Beverly und wandte sich dann zum Gehen.

Wie der Wirbelwind, der vorhin unter die Röcke der Damen gefahren war, brauste sie ab in Richtung des Parkplatzes.

»Du wusstest, dass sie einen Freund hat?«, fragte Theres Granny geradeheraus, kaum dass Beverly außer Hörweite war.

Granny wandte sich zu uns um und faltete ihre Hände.

»Ja, in der Tat, ich wusste, dass sie noch einen anderen hat«, gestand sie uns schließlich ein.

»Aber warum hast du dann zugelassen, dass Jason und sie sich verloben?«, hakte Theres nach, die offenbar weit weniger Probleme damit hatte, Grannys Aussagen in Relation zueinander zu setzen, als ich.

»Ich wollte meinen Enkelsohn testen.«

Nun sahen wir alle drei sie verblüfft an.

»Testen?«, hakte ich nach.

»Ja, ich wollte sehen, wie wichtig dir deine Familie ist, lieber Jason. Und ich kann nur sagen, dass ich mich ausgesprochen darüber freue, wie bravourös du in dieser Angelegenheit abgeschnitten hast. Ich wusste, dass dir deine Familie wichtig ist. Aber ich wusste nicht, ob du dafür auch bereit wärst, Opfer zu bringen.«

Granny lächelte sanft und sah mir dabei tief in die Augen.

»Warum wolltest du das wissen?«, gab Theres noch immer nicht klein bei.

»Die Whiskey-Brennerei ist schon seit vielen Generationen ein wesentlicher Bestandteil dieser Familie. Es gab viele Brennereien hier in Muir of Ord und in der näheren Umgebung. Die meisten davon existieren heute nicht mehr, weil sich die einzelnen Familienmitglieder zerstritten haben und das Unternehmen untereinander aufteilen wollten. Sobald es intern zu Zwistigkeiten kommt, ist ein Familienunternehmen wie das unsere zum Tode verurteilt. Daran lässt sich nichts ändern«, erklärte Granny.

»Dann wollten Sie also testen, inwieweit die jüngste Generation der McCallisters bereit dazu ist, die Firma zusammenzuhalten?«, richtete Anna das erste Mal seit Beverlys Abgang das Wort an Granny.

Sie nickte.

»Teils, teils. Grundsätzlich ging es mir um die Familie. Denn nur wenn der Zusammenhalt innerhalb der Familie gut ist, kann die Brennerei auch in Zukunft Bestand haben. Nein, ich wollte vielmehr sehen, wie wichtig Jason seine Familie ist. Und in diesem Punkt hat er mich voll und ganz überzeugt. Nur der Umstand, dass du dabei fast auf die Liebe einer Frau verzichtet hättest, die dir wichtig scheint, tut mir sehr leid, mein Junge. Ich wusste nichts von Anna.«

Wie auch? Ich hatte niemandem von ihr erzählt. Nicht, nachdem es hieß, ich müsse Beverly in absehbarer Zeit heiraten. Da wäre der Umstand, dass ich gerade im Begriff war, mich in eine andere Frau zu verlieben, sicher nicht besonders wohlwollend von meiner Familie aufgenommen worden.

»Ich weiß noch immer nicht so recht, was ich zu all dem sagen soll«, erwiderte ich ehrlich.

Es fiel mir schwer, all die Informationen, die in den vergangenen Minuten wie ein unerwarteter Sommerregen auf mich heruntergeprasselt waren, zu einem Puzzle zusammenzusetzen.

»Das Beste wird sein, wenn du dir nicht allzu viele Sorgen darüber machst, was war, und lieber die Zeit genießt, die nun vor dir liegt.«

Vielsagend zwinkerte sie mir zu, ehe sie zu Anna blickte und ihr ein freundliches Lächeln zuwarf.

»Anna, seien Sie sich gewiss, dass Sie immer sehr herzlich hier auf Ghaoth Castle willkommen sind, und nehmen Sie sich bitte Beverlys Unverschämtheiten nicht so sehr zu Herzen. Sie hat es schon als kleines Mädchen nicht ertragen können, wenn sie in einem Spiel verlor. Dass sie dabei allerdings so sehr die Beherrschung verlieren würde, hätte ich nicht für möglich gehalten. Man lernt offenbar wirklich nie aus. Nicht einmal ich auf meine alten Tage.«

Dann sah sie in die Runde und meinte: »Jetzt ist es aber an der Zeit für eine schöne Tasse Tee und etwas Süßes. Mein Blutzuckerspiegel schreit förmlich danach.«

Kaum dass sie das gesagt hatte, war sie auch schon auf dem Weg zu den übrigen Gästen der Tea Time im Rosengarten.

»Das war …«, hob Anna an.

»… genau so, wie ich es erwartet hatte«, sagte Theres und rieb sich die Hände.

»Wie konntest du wissen, dass es so enden würde?«, fragte ich meine kleine Schwester interessiert.

Bis zuletzt hatte ich vermutet, dass die Situation noch eskalieren und Granny Anna vom Grundstück verjagen würde. Nie im Leben hätte ich erwartet, dass sie sogar für sie Partei ergreifen und sich offen gegen Beverly und die mit ihrer Familie getroffene Abmachung stellen würde.

»Wenn du mal darüber nachdenkst, Bruderherz, dann ist es Granny in all den Jahren nie darum gegangen, die Brennerei nur um der Brennerei willen zu erhalten, sondern um der Familie Sicherheit und Beständigkeit auch in der Zukunft zu garantieren.«

Theres hatte recht. Granny war es stets darum gegangen, die Familie zusammenzuhalten. Deshalb trafen wir uns auch jeden Sonntag zur Tea Time. Alle zusammen. So, wie sie es sich wünschte.

»Aber jetzt lasse ich euch beide mal allein. Ihr habt sicher einiges miteinander zu besprechen«, sagte Theres und grinste dabei vielsagend, ehe sie sich eiligen Schrittes von uns fortbewegte.

Anna sah verunsichert drein.

»Anna, ich … bin so froh, dass du noch da bist«, brachte ich meine Gefühle auf den Punkt.

Denn das war das Wichtigste, was ich an dieser Stelle sagen wollte. Ich war dankbar und erleichtert, dass das Kapitel Beverly nun ein Ende gefunden hatte, und ich war so froh darüber, dass das Schicksal Anna hierher zu mir nach Schottland geführt hatte.

Noch ehe sie etwas erwidern konnte, nahm ich sie ganz fest in meine Arme und küsste sie schon im nächsten Moment, als gäbe es kein Morgen.

Mein Herz schlug wie zu Beginn der Tea Time wild gegen meinen Rippenbogen. Doch nun nicht aus Sorge und Angst, sondern aus Vorfreude und begieriger Erwartung.

Kapitel 19

Anna

Während ich in Jasons Armen lag, vergaß ich alles und jeden um mich herum. Beverly war nicht mehr als eine Randnotiz in meinem Leben. Und der Umstand, dass wir nun endlich die Möglichkeit erhalten würden, uns näher kennenzulernen, weckte eine diebische Vorfreude in mir.

»Es war eine gute Entscheidung, dass du Theres' Einladung gefolgt bist«, sagte Jason, als wir kurz voneinander abließen.

Unsere Lippen waren vom vielen Küssen schon ganz rau. Aber wir waren beide so ausgehungert, dass wir keine Minute mehr ungenutzt verstreichen lassen wollten.

»Die beste«, bestätigte ich ihm und gleichzeitig auch mir.

Es war ein gutes Gefühl, mein Leben selbst in die Hand zu nehmen.

Noch vor einigen Tagen wäre es mir schwergefallen, mir eine Entscheidung abzuringen. Wenn ich da an den Ausflug zu den Highland Games dachte, als ich sogar Probleme gehabt hatte, mir etwas zum Anziehen auszusuchen. Und nun, nur wenige Tage später, wusste ich, was ich wollte, und kämpfte dafür. Mit allen Konsequenzen.

»Wir sollten zurück zu den anderen gehen«, raunte mir Jason ins Ohr, während er mit seinen Lippen eine zarte Spur über meinen Hals küsste.

»Das sollten wir wohl«, bestätigte ich ihm nur halbherzig.

Wenn es nach mir gegangen wäre, dann würden wir hier noch ewig hinter dem Haus am Gemüsegarten der Familie McCallister stehen und uns küssen.

Jason schien es ähnlich zu ergehen, denn trotz seiner Worte ließ er nicht von mir ab. Ganz im Gegenteil.

Schon im nächsten Moment spürte ich seine Hände unter meine Bluse schlüpfen. Ein Kribbeln breitete sich auf meinem Körper an den Stellen aus, die er mit seinen Fingern berührte.

»Sollten wir nicht … vernünftig sein?«, fragte ich atemlos.

Jason schenkte mir ein schiefes Grinsen.

»Vernünftig war ich viel zu lange«, sagte er und hob mich dabei auf seine Hüften.

Schon im nächsten Moment drehten wir uns wie verrückt im Kreis, sodass mir ganz schwindlig wurde.

»Stopp! Mir wird schlecht«, japste ich nach einer Weile.

Jason hielt sofort an.

»Es gibt am See einen kleinen Pavillon aus dem viktorianischen Zeitalter«, erklärte er mir und streckte mir die Hand entgegen.

»Lohnt es sich denn, ihn zu besichtigen?«, gab ich mich ahnungslos.

184

Dabei wusste ich doch genau, worauf Jason hinauswollte. Zu leicht wollte ich es ihm auch nicht machen.

Eine Frau wollte schließlich erobert werden.

»Es gibt dort auch eine Schwanenfamilie und Seerosen«, lockte er mich.

»Schwäne und Seerosen also«, wiederholte ich und gab mich dabei nicht besonders interessiert.

»Was hast du denn noch zu bieten?«, wollte ich wissen.

»Komm mit, dann zeig ich es dir«, erwiderte er verheißungsvoll.

»Und deine Familie?«, fragte ich mit Blick zum Rosengarten.

»Die kommt auch ganz prima ohne uns klar. Glaub mir! Die werden uns gar nicht vermissen«, behauptete er und zog mich schließlich mit sich.

Ich ließ ihn gewähren und bewunderte die Ländereien, die wir auf dem Weg zu dem See passierten. An den üppigen Gemüsegarten, in dem Salate, Karotten, Tomaten, Paprika, Sellerie, Zucchini und Kürbisse wuchsen, reihte sich eine kleine Wildblumenwiese, auf der Bienen und Hummeln fleißig Nektar sammelten und die üppige Anzahl an unterschiedlichsten Schmetterlingen das Bild zusätzlich bunter machten.

Noch ein Stück weiter des Weges und an einem kleinen Wald aus Laubbäumen vorbei grenzte schließlich der von Jason angepriesene See.

»Was sagst du?«, fragte er, kaum dass wir angekommen waren.

Man konnte unschwer erkennen, dass das hier einer der Lieblingsplätze der Familie McCallister sein musste.

Neben dem Pavillon gab es eine Sitzgruppe unter einer Birke, die auch für wärmere Tage ausreichend Schatten spendete. Eine Feuerstelle verwies darauf, dass man am Lagerfeuer beisammensaß und sich bis spät in die Nacht Geschichten erzählte und dabei Glühwürmchen zählte.

»So ein schöner Ort«, bestätigte ich Jason, der daraufhin zufrieden lächelte.

Etwas verlegen fuhr er sich durchs Haar.

»Ich war bisher noch mit keiner Frau hier«, erklärte er mir.

Daraufhin sah ich ihn verwundert an.

»Der See ist neben dem Herrenhaus das Herzstück des Anwesens. Ich könnte es nicht ertragen, wenn ich mit seinem Anblick eine schlechte Erinnerung verknüpfen würde«, offenbarte er mir.

Ich spürte die Bedeutung seiner Worte, und ich ahnte, wie schwer es ihm fiel, mir davon zu erzählen.

Jason war kein Weichei, wie Beverly behauptet hatte. Nein, er war ein Mann mit Herz und tiefem Familiensinn. Ihm war es wichtig, dass es den Seinen gut ging und dass sie alle in Harmonie zusammenlebten.

»Und du meinst, mit mir wird es nicht dazu kommen?«

Jason schüttelte zuversichtlich den Kopf.

»Da bin ich mir ganz sicher.«

Dann reichte er mir abermals seine Hand und ging mit mir gemeinsam in Richtung des achteckigen weißen Pavillons. Die großen Sprossenfenster verliehen dem Haus eine ganz atemberaubende Atmosphäre.

Kaum dass wir drinnen waren, spürte ich die Wärme, die von diesem für Jason so besonderen Ort ausging.

Neben einer gepolsterten Fensterbank befand sich im Raum nur noch eine Couch. Dazwischen türmte sich ein riesiger Stapel an Büchern. Offenbar waren die McCallisters sehr belesen. Neben Shakespeare konnte ich noch Jane Austen und einige Werke von Arthur Connan Doyle ausmachen. Alles Schriftsteller und Schriftstellerinnen, die ich sehr mochte.

Noch während mein Blick auf den Büchern ruhte, spürte ich, wie Jason meinen Hals mit einer Spur aus Küssen übersäte. Kaum dass seine Lippen meine Haut berührt hatten, überzog eine Gänsehaut meinen Körper, wie ich sie noch nie zuvor verspürt hatte.

Jede Faser meines Körpers brannte in freudiger Erwartung auf das, was nun kommen würde.

»Es ist traumhaft schön hier«, versicherte ich Jason, als ich mich zu ihm umwandte.

Meine Hände umschlossen wie eine Schiffbrüchige seinen Nacken, während unsere Lippen wie zwei gegenseitig gepolte Magnete aufeinander zuhielten.

Der erste Kuss war vorsichtig und zutiefst geprägt von der wohligen Atmosphäre, in der wir uns befanden. Beinahe keusch hielten wir uns in den Armen. Doch schnell wurde unser Begehren leidenschaftlicher.

Schon im nächsten Moment knöpfte mir Jason meine Bluse auf, während ich fieberhaft versuchte, ihm das Hemd auszuziehen.

»Sag mal, kann es sein, dass du mich vermisst hast?«, scherzte er und schenkte mir dabei ein schiefes Grinsen.

»Geht so«, erwiderte ich betont gelassen, woraufhin mich Jason schon zu kitzeln begann.

»Aufhören! Sofort aufhören«, rief ich, als ich kaum noch Luft bekam.

»Sag, dass du mich mindestens genauso vermisst hast wie ich dich. Auch wenn ich mir das fast nicht vorstellen kann. Denn ich habe dich unbeschreiblich vermisst. So sehr, dass ich noch immer gar nicht glauben kann, dass wir hier sind. Das muss ein Traum sein«, gestand er mir seine Gefühle.

»Ich bin überglücklich darüber, dass wir uns wiedergefunden haben. Wie gut, dass uns jetzt auch nichts mehr im Weg steht«, sagte ich.

Jason lächelte und legte seine Stirn gegen die meine, während seine Finger sich über meinen nackten Bauch nach oben vorarbeiteten.

Erwartungsvoll schloss ich meine Lider und genoss seine Berührungen in vollen Zügen.

Als Jason mir zunächst die Bluse auszog und mir anschließend den BH öffnete, machte sich ein erwartungsvolles Kribbeln in mir bemerkbar. Kurz darauf zog Jason eine Spur aus Küssen über meine Brüste.

Meine Knie fühlten sich plötzlich so weich wie Wackelpudding an. Ich hatte große Mühe, mich auf den Beinen zu halten.

Begierig zog ich an seiner Gürtelschnalle, die sich partout nicht öffnen lassen wollte.

»Weshalb so eilig?«, wollte Jason daraufhin von mir wissen, ehe er mich auf Händen zu der Couch trug und mich sachte darauf bettete.

Vorsichtig öffnete er den Knopf meines Rocks und zog ihn mir schließlich behutsam aus, bis ich nur noch meinen Slip anhatte. Ansonsten war ich splitternackt.

»Das ist unfair«, behauptete ich.

Jason machte große Augen. Er schien nicht zu verstehen, worauf ich hinauswollte.

»Du hast bisher kein einziges Kleidungsstück abgelegt«, erklärte ich, woraufhin er mich abermals amüsiert angrinste.

Zur Antwort legte Jason das Hemd ab, das ich ihm bereits aufgeknöpft hatte. Im Anschluss daran zog er seine schwarzen Lederschuhe aus und öffnete die Schnalle seines Gürtels.

Als er sich auch seiner Anzughose entledigt hatte, kam er zu mir auf die Couch, die bei näherer Betrachtung gar nicht so schmal war, wie sie im ersten Eindruck gewirkt hatte. Aber mit Jason an meiner Seite brauchte ich nicht viel Platz. Wir beide waren uns genug.

Dass es ihm genauso mit mir erging, spürte ich bei jeder seiner zärtlichen Liebkosungen, die daraufhin folgten. Seine Finger begaben sich auf meinem Körper auf Wanderschaft, als wäre er von ihm noch unerforscht und neu.

Ich fühlte mich so begehrenswert wie schon lange nicht mehr.

Während Jasons Spur aus Küssen zu meiner empfindsamsten Stelle wanderte, streckte ich ihm mein Becken entgegen und fuhr mit meinen Händen durch sein langes braunes Haar, das noch wirrer wirkte als ohnehin schon.

Was hatte ich dieses Gefühl vermisst! Wie sehr hatte ich Jason vermisst!

Als seine Zunge an ihrem selbst gesteckten Ziel angekommen war, hatte ich das Gefühl jeden Moment verglühen zu müssen. Eine plötzliche Wärme erfüllte meinen Körper, der sich unter Jasons Berührungen durchbeugte und dabei sehnsüchtig auf mehr wartete.

Begierig griff ich nach seinem Hintern und zog ihm die Boxershorts herunter, während er mich unaufhörlich küsste und unsere Lippen schwer aufeinander lagen.

Jason lachte gegen meinen Mund.

»Du bist unersättlich«, sagte er.

»Ich weiß eben, was gut ist«, erwiderte ich selbstbewusst.

Jason ließ mich gewähren und liebkoste abermals meine Brüste, als ich ihm mein Becken entgegenstreckte und er endlich Erbarmen mit mir hatte.

Als unsere Körper verschmolzen, fühlte es sich an, als wäre ich nach einer langen Reise endlich angekommen. Der Gleichklang, in dem wir uns bewegten, war vertraut und voller Liebe.

Ein wohliges Seufzen bahnte sich aus meinem Mund, während Jason immer tiefer in mich eindrang. Mit meinen Beinen umklammerte ich seinen Körper, um ihm so nahe wie nur möglich zu sein.

Gemeinsam nahm unsere Reise an Fahrt auf. Wir näherten uns immer weiter der Klippe, über die es zu springen galt. Doch Jason hielt inne, strich mir sanft über das Gesicht und küsste meine vom Küssen ganz angeschwollenen Lippen.

»Weißt du eigentlich, wie sehr ich dich begehre?«, hauchte er mir zu.

Ich grinste und rollte ihn auf den Rücken, sodass ich nun die Zügel in der Hand hielt.

Als ich unser Liebesspiel vorsichtig fortsetzte, fühlte ich mich beinahe schwerelos. Alles war so leicht in diesem Augenblick. Nichts konnte uns aufhalten oder uns je wieder trennen.

Wir waren eine Einheit. Fest miteinander verbunden. Über alles erhaben, was sich uns in den Weg stellte.

Sanft umspielten Jasons Hände meine Brustwarzen, während ich das Ruder an mich riss und uns gemeinsam auf die Klippe zusteuern ließ.

Ein wohliges Gefühl der Erfüllung breitete sich in mir aus, als wir darüber ins Bodenlose sprangen.

Sanft landete ich auf Jasons Brust, der mich fest an sich zog und mich mit seiner Wärme vor all den Gefahren des Lebens schützte.

So lagen wir noch eine ganze Weile da. Keiner von uns beiden verspürte das Bedürfnis, zur Tea Time zurückzukehren. Viel zu sehr genossen wir das neugewonnene Miteinander, von dem ich hoffte, es würde nun endlich ein Für immer werden.

Kapitel 20

Jason

»Du grinst wie ein Honigkuchenpferd.«

Theres kicherte albern, als ich durch die Tür ins Haus kam.

Offenbar hatte sie in der Eingangshalle bereits auf mich gewartet.

»Was machst du hier?«, fragte ich sie genervt.

Hatte man denn in diesem Haus nie seine Ruhe?

»Ich wollte nur sicherstellen, dass du Anna auch gut zurück zum B&B gebracht hast.«

Die Art und Weise, wie meine kleine Schwester mich dabei ansah, war vieldeutig.

»Ich kann dich beruhigen. Sie ist gut am Clachtoll Beach angekommen«, sagte ich und erinnerte mich daran, wie wir uns in meinem Porsche voneinander verabschiedet hatten.

Wie zwei pubertierende Teenager waren wir im Wagen sitzen geblieben und hatten eine Ewigkeit miteinander rumgeknutscht. Wir waren einfach nicht bereit gewesen, uns schon voneinander zu trennen.

Ich hatte Anna angeboten, bei mir zu übernachten, aber sie wollte erst mal zurück zu ihrer Freundin, um alles in Ruhe mit ihr zu bereden. Und um ein paar Sachen zusammenzupacken. Morgen früh würde ich sie abholen gehen.

Noch gute zwölf Stunden ohne Anna. Ob ich das wohl unbeschadet überstehen würde?

»Nach eurer kleinen Auszeit heute Nachmittag kamt ihr ziemlich erhitzt und mit äußerst wirren Frisuren zur Tea Time zurück.«

Theres stellte keine Frage. Brauchte sie überhaupt nicht. Sie wusste auch so, was Anna und ich in unserer Abwesenheit getrieben hatten. Sie war einfach eine messerscharfe Beobachterin. Leugnen war zwecklos.

»Und?«

Es sollte beiläufig und desinteressiert klingen. Allerdings war die Neugierde darüber, wem diese Tatsachen noch ins Auge gefallen sein mochten, viel zu groß, als dass man sie mir nicht angehört hätte.

»Ich wollte nur festhalten, dass ich solche Dinge bemerke. Falls es dich interessiert: Dem Rest der Familie ist nichts aufgefallen. Die waren so beschäftigt mit ihren Mutmaßungen, warum Beverly so abrupt abgebraust ist, dass ihr beiden sogar nackt hättet aufkreuzen können. Und niemand hätte es bemerkt.«

Darüber hatte ich noch gar nicht nachgedacht.

»Hat Granny denn etwas dazu gesagt?«, bohrte ich nach.

Theres schüttelte den Kopf.

»Nein, sie hat die wilden Spekulationen zugelassen und so getan, als hätte sie nichts von alledem mitbekommen. Du weißt ja, wie abwesend sie wirken kann. Dabei ist sie immer äußerst präsent. Man merkt es, wenn man sie mal etwas länger beobachtet«, erklärte Theres.

»Was du zweifellos getan hast.«

Theres nickte.

»Natürlich. Ich weiß immer gerne, woran ich bin. Tja, Tatsache ist, dass sie früh zu Bett gegangen ist und der Rest der Familie sich nach dem Abendessen in der Bibliothek eingefunden hat. Ein ziemliches Minenfeld, würde ich meinen. Also, falls du einen ruhigen Abend haben möchtest, solltest du besser geradewegs nach oben in deinen Flügel gehen und Grannys Vorbild folgen.«

Die Verlockung war groß, einfach die Treppe zu nehmen und in mein Zimmer zu gehen. Allerdings wollte ich nicht, dass meine Familie sich Sorgen über ungelegte Eier machte. Sicher fürchteten sie bereits die Übernahme durch Beverlys Familie.

»Warum hast du ihnen nicht gesagt, was Sache ist?«, hakte ich nach. »Du warst doch dabei?«

Theres zuckte mit den Schultern.

»Wer glaubt denn schon einem Kind?«

Auch wieder wahr.

Vor allem, wenn sich die Gemüter erhitzt hatten, hätte Theres keine Chance, zu den anderen durchzudringen. Das konnte ich mir gut vorstellen.

Ich seufzte und blickte dabei in Richtung des langen Flurs, der mich zur Bibliothek führte.

»Ich wusste schon immer, dass du masochistisch veranlagt bist«, erklärte Theres und verschränkte die Arme vor der Brust.

»Und ich wusste nicht mal, dass du die Bedeutung des Wortes kennst.«

Theres grinste.

»Nimm dich in Acht, Brüderchen. Das Haifischbecken mutmaßt nicht nur über Beverlys Abgang und die Folgen, die daraus erwachsen sind.«

»Hast du etwa an der Tür gelauscht?«

Theres hatte viel zu gutes Insiderwissen, als dass ihre Worte auf reinen Vermutungen basierten.

»Die Tür war nur angelehnt, und die sind da drinnen so laut, dass man sie auch noch zwei Zimmer weiter hört.«

Theres errötete leicht. Es gefiel ihr augenscheinlich nicht, dass ich sie des Lauschens bezichtigt hatte. Aber wenn dem nun mal so war?

»Drück mir die Daumen«, sagte ich schließlich und wandte mich in Richtung des Haifischbeckens.

»Ich drücke besser alles, was ich habe«, meinte sie melodramatisch.

»... Jason hat das doch alles von langer Hand geplant. Es ist ja mehr als offensichtlich, dass Granny ihn zu ihrem Nachfolger ernennen möchte. Wenn ihr mich fragt, haben die beiden unter der Hand was miteinander vereinbart«, behauptete Onkel Theodore gerade und gab mir damit einen guten Eindruck von dem, was in den letzten Stunden bereits über mich gesprochen worden war.

»Ich kann mir nicht vorstellen, dass mein Sohn hinter unserem Rücken Vereinbarungen treffen würde, ohne uns davon in Kenntnis zu setzen«, ergriff Mum für mich Partei.

»Er hat sich aber auch in einer Ausnahmesituation befunden«, erwiderte Dad. »Schließlich wird man nicht alle Tage dazu genötigt, jemanden zu heiraten, den man gar nicht heiraten möchte.«

Betretenes Schweigen setzte ein.

Bevor ich schließlich den Raum betrat, zögerte ich noch einen Moment. Einerseits war ich enttäuscht, dass sie mir unterstellten, ich könnte hinter ihrem Rücken gemeinsame Sache mit Granny gemacht haben. Auf der anderen Seite versuchte ich mich in sie hineinzuversetzen. Wie würde es mir in ihrer Situation gehen?

Vielleicht war es doch nicht gut gewesen, Onkel Theodore heute bei der Tea Time links liegen gelassen zu haben? Wenn ich mir ein paar Minuten Zeit genommen hätte, wären alle Zweifel sicher wie weggeblasen gewesen, und dieses Treffen würde jetzt gar nicht stattfinden.

Aber als Onkel Theodore mich zur Seite genommen hatte, war ich nicht in der Lage gewesen, seinem Anliegen oder vielmehr seinen Befürchtungen die nötige Aufmerksamkeit zu widmen. Ich hatte mir Sorgen um Anna gemacht, wusste

197

nicht, wo Beverly geblieben war und wie Granny reagieren würde, wenn sie die Wahrheit erfuhr.

»Vielleicht hat er ja auch gemeinsame Sache mit Beverly Bouvery gemacht?«, hob Onkel Theodore zu seiner nächsten Theorie an.

»Wie meinst du nun das wieder?«, hörte ich Mum genervt sagen.

»Nein, die Theorie ist nicht von der Hand zu weisen«, ergriff Tante Cybill Partei für ihn.

»Danke, meine Gnädigste. Nun …«

Noch ehe er auch diese Annahme auf den Tisch bringen und weiter dafür sorgen konnte, dass ich bei meiner eigenen Familie in Ungnade fiel, entschied ich mich, kopfüber ins Haifischbecken zu springen. Vor der Tür stehen und lauschen war nicht meine Art. Ich handelte lieber, anstatt abzuwarten, was passieren würde.

»Ich weiß nicht, was während meiner Abwesenheit vorgefallen ist«, begann ich ohne Umschweife auf den Punkt zu kommen, »aber es gab nie eine wie auch immer geartete Absprache mit Granny oder gar zwischen Beverly und mir.«

Alle Augenpaare waren schlagartig auf mich gerichtet. Onkel Theodore war sichtlich verunsichert, Tante Cybill schlug sich gar die Hand vor den Mund. Mum lächelte mir zu und Dad nickte anerkennend in meine Richtung.

»Das kann ja jeder behaupten. Es steht außer Frage, dass Granny mit dem Gedanken spielt, die Führung der Brennerei abzugeben. Und es läuft, in meinen Augen, auf einen ganz bestimmten Kandidaten hinaus.«

Onkel Theodore konnte es einfach nicht lassen.

»Was wäre denn so schlimm daran, wenn Granny mir die Leitung der Firma übergeben würde? Wovor hast du so große Angst?«, fragte ich ihn unumwunden, ohne je mit meiner Großmutter über dieses Thema gesprochen zu haben.

»Ha! Wusste ich es doch! Du hast Ambitionen ganz nach oben. Die hattest du schon immer. Schon als du klein warst, wolltest du unbedingt in Grannys Chefsessel sitzen«, wetterte er.

»Damals war ich fünf«, erwiderte ich ähnlich provokant.

»Zurück zu meiner Frage: Wovor hast du Angst? Dass ich dich aus der Firma werfen könnte, sobald ich in besagtem Chefsessel sitze? Dass ich die Firma verkaufen könnte? Dass durch mich die Firma den Bach runtergeht? Was ist deine größte Sorge?«, konfrontierte ich ihn abermals.

»Nun …« Verunsichert kratzte er sich am Hinterkopf. »Bei Granny wussten wir immer, woran wir sind. Wenn sich die Machtverhältnisse intern ändern sollten, stehen wir vor einem Neuanfang, von dem keiner weiß, wie er ausgehen wird.«

Onkel Theodore hatte also Angst vor Veränderungen. Das war der Punkt, der ihn solche Tiraden gegen mich führen und mich bei der übrigen Familie schlecht machen ließ.

»Ohne zu wissen, was Granny im Schilde führt, sollte dir eins klar sein, mein lieber Onkel: Ich habe immer zum Besten der kompletten Familie gehandelt.«

»Na ja …«, hob er an.

Doch ich ließ ihn nicht ausreden.

»Als es darum ging, meinen Urlaub in Neuseeland abzubrechen, bin ich sofort in die nächste Maschine gestiegen und nach Hause geflogen. Ihr habt mir nicht mal gesagt, worum es geht. Und ich habe nicht gefragt, weil ich wusste, dass ihr mich nur rufen würdet, wenn es unbedingt nötig ist«, erläuterte ich.

»Gut, du hast deinen Urlaub abgebrochen. Aber …«

Auch diesen Satz ließ ich ihn nicht beenden.

»Als plötzlich klar war, dass die Vereinbarung, die vor Lichtjahren mit den Bouverys geschlossen worden war, weiterhin Bestand hatte, habe ich nicht meine Sachen gepackt und mich vom Acker gemacht, sondern bin geblieben, um für euch alle diese Situation zu schultern. Ich wäre sogar bereit gewesen, eine Frau zu heiraten, die ich nicht einmal sonderlich leiden kann. Nur für euch: meine Familie.«

Mum sah mich gerührt an, während Dad mir abermals zustimmend zunickte.

Onkel Theodore schienen an diesem Tag das erste Mal die Worte zu fehlen. Nur Tante Cybill stimmte jetzt eine Lobeshymne an.

»Ich wusste schon immer, dass du ein guter Junge bist«, schmierte sie mir Honig ums Maul.

Doch ich ließ sie gewähren. Denn mir war der Friede in unseren Reihen wichtiger, als ständig auf meine Recht zu pochen. Längerfristig war das sicher die bessere Strategie. Und die besonnenere.

»Was ist denn jetzt mit dieser Anna?« Onkel Theodore konnte es einfach nicht lassen.

»Was soll mit ihr sein?«, ging ich auf seine Frage ein, ohne ihm zu signalisieren, dass ihn das rein gar nichts anginge.

Schließlich war das meine Privatangelegenheit.

»Hieß es nicht, sie käme aus Deutschland?«, fragte er wie beiläufig.

»Ja, Anna kommt aus Deutschland. Na und? Worauf willst du hinaus?«

Er räusperte sich und nahm sich Zeit, seine Worte genauestens zu platzieren.

»Wer sagt uns denn, dass es sich bei deiner Anna nicht um eine Spionin handelt?«

Mum machte bei seinen Worten große Augen, während Dads Stirn in Furchen lag. Tante Cybill wusste so gar nicht, wie sie auf diese Äußerung reagieren sollte, und entschied sich dafür, verblüfft dreinzusehen.

»Wie kommst du denn bitte darauf?«, hakte ich nach.

»Wenn mich nicht alles täuscht, dann habt ihr beide euch in Neuseeland kennengelernt. Nachdem du abgereist bist, gab es keinen Kontakt zwischen euch. Und dann steht sie dir plötzlich auf den Highland Games gegenüber. Wie aus heiterem Himmel? Komm schon, Jason, nicht mal du bist so naiv, um ernsthaft zu glauben, dass es sich hierbei um einen Zufall gehandelt hat. Oder?«

»Das geht jetzt wirklich zu weit«, ergriff Dad Partei für mich.

»Ich kann dir versichern, Onkel Theodore, dass Anna mit Spionage nichts am Hut hat. Da geht die Fantasie mit dir durch. Du könntest bestimmt Romane schreiben. Und nur ein Tipp am Rande: Du solltest allem Fremden und Neuen nicht immer so feindselig begegnen. Das tut dir nicht gut und macht dich zu einem verbissenen und verschlossenen Menschen.«

Tante Cybill nickte in die Richtung ihres Mannes, woraufhin er sie strafend ansah.

»Aber wenn er doch recht hat«, verteidigte sie sich.

Ich ließ mir in diesem Moment nicht anmerken, wie sehr mich die Worte meines Onkels trafen. Endlich hatte ich Anna wieder, und das wollte ich mir von nichts und niemandem madig machen lassen.

»Ich denke, wir wissen alle, dass Granny ihre Pläne schmiedet, wie es ihr beliebt. Sie wird uns sicher irgendwann einweihen und uns mitteilen, wie sie die Leitung der Firma in der Zukunft geregelt haben möchte. Bis dahin sollten wir versuchen, einträchtig miteinander zusammenzuleben und den anderen nicht als Feind zu betrachten, sondern jeden als das, was er ist, anzusehen: nämlich als Teil dieser Familie.« Dad fand mal wieder die richtigen Worte zum Abschluss.

»Aber was ist nun mit dieser Anna?«, blieb Onkel Theodore beharrlich.

»Sollte sie ernsthaft Interesse an unserer Firma zeigen, würde ich mich sehr freuen, wenn ich ihr das ein oder andere zeigen dürfte«, erwiderte ich trocken.

»Aber du kannst doch nicht …«, hob mein Onkel abermals an.

»Du hast ganz recht, Theodore. Ich kann nicht ständig davon ausgehen, dass die Menschen in meiner nächsten Umgebung nur daran denken, wie sie ihre Machtposition in dieser Familie ausbauen und sich einen Vorteil verschaffen können. Und nun werde ich in mein Bett gehen und mich nicht länger mit diesem Thema auseinandersetzen. Alles ist gut, solange wir das Gute in unserem Leben nur zulassen.«

Damit reichte Dad meiner Mum die Hand und ging mit ihr gemeinsam zur Tür, an der ich nach wie vor stand.

Ich schritt zur Seite, damit sie an mir vorbeigehen konnten. Mum zwinkerte mir verschwörerisch zu, während Dad mir aufmunternd auf die Schulter klopfte.

Die beiden würden immer für mich einstehen. Davon konnte ich ausgehen. Ein gutes Gefühl.

Tante Cybill erhob sich ebenfalls aus dem schweren ledernen Clubsessel. Als sie an mir vorbeilief, senkte sie den Blick. Mehr musste sie gar nicht sagen.

Nur Onkel Theodore schien sich noch nicht im Klaren darüber zu sein, was er wollte.

Eine ganze Weile stand er am Kamin, ehe er sein Whiskey-Glas auf dem kleinen Tisch neben der Glaskaraffe abstellte und auf mich zumarschierte.

»In dieser Angelegenheit ist das letzte Wort noch nicht gesprochen, mein Lieber. Die Leitung dieser Firma steht mir zu. Schließlich habe ich ihr in all den Jahren aufopferungsvoll gedient. Das kann nicht alles gewesen sein. Ich weigere mich, das zu glauben.«

Sein ausgestreckter Zeigefinger drohte mich regelrecht aufspießen zu wollen.

»Engagement bleibt in dieser Familie nicht unbelohnt, mein lieber Onkel. Das solltest du in all den Jahren doch mitbekommen haben.«

Er wollte etwas erwidern, machte dann jedoch eine wegwerfende Handbewegung und ging ebenfalls aus dem Zimmer.

Ich blieb und genoss die Stille in diesem so emotional aufgeheizten Raum.

Während ich so dastand, musste ich mich fragen, warum diese Art von Zwistigkeiten immer wieder aufflammten, obwohl es uns allen doch gut ging. Keiner von uns wurde benachteiligt. Dennoch schien es immer jemanden zu geben, der das Gefühl hatte, übergangen worden zu sein. Wobei auch immer.

»Du hast dich wacker geschlagen«, hörte ich Theres in meinem Rücken sagen.

Mit einem »Müsstest du nicht längst im Bett sein?« wandte ich mich zu ihr um.

Zur Antwort verdrehte sie genervt die Augen und verschränkte die Arme demonstrativ vor der Brust.

»Ich bin fast volljährig. Vergiss das nicht! Und außerdem hättest du ziemlich alt ausgesehen, wenn ich dir keine Schützenhilfe gegeben und dich darauf aufmerksam gemacht hätte, was hier vor sich geht.«

Wo sie recht hatte, hatte sie nun mal recht.

»Falls das mit der Kriminologie doch nichts für dich sein sollte, weißt du, dass du in der Brennerei immer herzlich willkommen bist. Das weißt du doch. Oder?«

Zur Antwort schlang Theres ihre Arme um mich und drückte mich ganz fest.

»So schmalzig sich das jetzt anhören mag, aber ich hätte niemanden lieber zum großen Bruder als dich, Jason.«

Dankbar für Theres' Worte nahm ich meine kleine Schwester noch eine Spur fester in die Arme.

Vielleicht konnte ich nicht alle davon überzeugen, dass ich es gut mit ihnen meinte. Es würde immer Menschen in meiner näheren Umgebung geben, die mir etwas neideten oder mit dem, was ich vorhatte, nicht einverstanden waren. Solange ich aber wusste, dass ich für meine Schwester der beste große Bruder war, den sie sich wünschen konnte, war meine Welt perfekt.

Und natürlich mit Anna an meiner Seite. Besonders mit Anna.

Kapitel 21

Anna

»Einen wunderschönen guten Morgen, liebe Anna«, begrüßte mich Leonore mit einem herzlichen Lächeln auf den Lippen in der Küche.

Der Rest des Hauses schien noch zu schlafen. Als ich aufgewacht war und nicht mehr einschlafen konnte, entschied ich mich, nach unten zu gehen und mir einen Kaffee zu machen, um ihn anschließend in dem kleinen verwunschenen Garten hinterm Cottage zu trinken.

Es gab nichts Schöneres, als mit nackten Füßen über das taunasse Gras zu laufen und die vielen Gerüche und Eindrücke zu dieser frühen Morgenstunde wie ein Schwamm aufzusaugen.

Der Tag war zu diesem Zeitpunkt noch neu und verheißungsvoll. Man wusste nie, was einen erwartete. Genau das mochte ich so gerne an diesem magischen Ort.

»Guten Morgen, Leonore. Ich dachte, ich wäre heute die Erste«, sagte ich und nahm mir eine Tasse aus dem Schrank.

»Konntest du auch nicht so gut schlafen?«, fragte sie mich und reichte mir die Kaffeekanne.

Wie schön, dass sie bereits frischen Kaffee aufgebrüht hatte.

»Nein, ich habe mich permanent hin und her geworfen und nur wirres Zeug geträumt.«

Leonore nickte verständnisvoll.

»Ist mir nicht anders ergangen. Muss am Vollmond liegen. Zumindest geht es mir immer so, wenn es mal wieder so weit ist. Dann stehe ich einfach ein bisschen früher auf und erledige meine Arbeiten am Morgen. Heute Nachmittag bleibt mir eine kleine Auszeit, um ein Nickerchen zu machen. Das sollten so alte Menschen wie ich ohnehin viel öfter machen. Allerdings mag ich mich noch nicht so gerne zum alten Eisen zählen.«

Augenzwinkernd schenkte sie das heiße Getränk in meine Tasse.

»Man ist so alt, wie man sich fühlt, heißt es doch«, erklärte ich. »Wenn es danach geht, fühle ich mich heute Morgen wie vierundachtzig.«

Leonore lachte.

»Warum ausgerechnet vierundachtzig?«

Ich nahm einen ersten behutsamen Schluck aus meiner Tasse und verbrühte mir trotz aller Vorsicht prompt die Zunge.

»Meine Oma hat immer gesagt, mit vierundachtzig sei man alt. Als sie allerdings selbst vierundachtzig wurde, hatte sie ihre eigenen Worte vergessen. Denn alt war sie nie. Müde vielleicht. Ja, das schon. Aber nie alt.«

Leonore nickte verstehend.

»Das hört sich nach einer sehr liebenswürdigen Dame an, die ich gerne kennengelernt hätte.«

Ich nickte und versuchte mein Glück in Sachen Kaffee noch mal. Diesmal verbrannte ich mir nicht die Zunge. Allerdings fiel mir erst jetzt auf, dass ich ihn viel lieber mit Milch und Zucker trank. So viel also zum frühen Aufstehen.

»Meine Oma war die Einzige in unserer Familie, die mich verstanden hat. Und sie war diejenige, die am wenigsten Ansprüche an mich gestellt hat. Bei ihr konnte ich einfach sein, wie ich bin, ohne die Beste im Klavierspielen oder in der Schule sein zu müssen.«

»In jungen Jahren einem enormen Druck ausgesetzt zu werden, prägt meist unser ganzes Leben. Ich kann gut nachempfinden, wie wohl du dich bei deiner Großmutter gefühlt haben musst.«

Leonore wandte sich der Pfanne auf dem Herd zu und gab zwei Eier hinein. Im Handumdrehen hatte sie Spiegeleier, Speck, Würstchen und Bohnen für mich zubereitet. Ein vollwertiges Frühstück, wie ich es in der Zeit hier im B&B sehr zu schätzen gelernt hatte.

Vor meiner Reise nach Schottland hätte ich es nie für möglich gehalten, dass ich einmal Bohnen zum Frühstück essen würde. Aber Ansichten und Geschmäcker veränderten sich. Ebenso wie die Sicht auf das große Ganze.

Ich wusste nun, was in meinem Leben für mich wichtig und was nicht so wichtig war. Geld beispielsweise. Klar brauchte man es, um ein gutes Leben führen zu können. Aber glücklich machte es nicht, wie ich in der Vergangenheit am eigenen Leib hatte spüren müssen.

Anstatt in einem scheinbar renommierten Job jedem Euro hinterherzuhechten, wollte ich mir viel lieber eine Arbeit suchen, bei der ich mit Menschen zu tun hatte und mich voll und ganz auf sie einlassen konnte, ohne dabei ständig auf die Uhr sehen und meinem Chef Rechenschaft darüber abliefern zu müssen, warum ich bei dem einen Kunden mehr Zeit investiert hatte als in ein anderes Projekt.

Wir Menschen waren alle verschieden. Der eine brauchte mehr Unterstützung als der andere. Und das war gut so. Wären wir alle gleich, wäre es doch furchtbar langweilig auf Erden.

»Schmeckt es dir nicht?«, fragte Leonore besorgt, während ich das aufgepickte Ei und den Speck auf der Gabel vor meinem Mund balancierte.

»Nein, es ist vorzüglich. Wie immer, liebe Leonore. Ich war nur gerade in Gedanken«, gestand ich ihr.

»Bestimmt bei Jason«, mutmaßte sie und blinzelte mir dabei vielsagend zu. »Wie war es denn gestern bei der Tea Time?«

Wie sollte ich in Worte fassen, was gestern alles passiert war? Sogar Lara gegenüber war es mir schwergefallen, genau von allen Vorkommnissen zu berichten.

Auszugsweise hatte ich mich gestern während der Szene mit Beverly gar nicht anwesend gefühlt. Als wäre meine Seele aus meinem Körper geschlüpft und hätte sich das alles von außen angesehen. Spooky!

Aber vermutlich war das ein Schutzmechanismus von mir gewesen, der dafür gesorgt hatte, dass ich das alles überstanden hatte, ohne fluchtartig wegzurennen, um möglichst viel Distanz zwischen Beverly und mich zu bringen.

Letztlich hatte es sich gelohnt, standhaft zu bleiben und mich der Situation zu stellen. Denn am Ende hatte ich Jason bekommen. Wenn ich da nur an unseren Abstecher zum See dachte ...

Mit einem »Du wirst ja ganz rot« riss Leonore mich aus den Gedanken.

»W-was? I-ch?«, stotterte ich verlegen und versuchte dabei die Erinnerung an den gestrigen Nachmittag mit Jason im Pavillon schnellstmöglich aus meinem Gedächtnis zu verdrängen.

»Kein Grund, dich zu schämen. Ich war schließlich auch mal jung. Auch wenn man es kaum glauben mag«, sagte Leonore und lachte dabei.

»Jason und ich haben jetzt die Möglichkeit, uns besser kennenzulernen. Die Probleme, die uns im Weg standen, sind so weit ausgeräumt.«

Zumindest hoffte ich das inständig.

Beverly war gestern so wütend abgezogen, dass ich nicht sicher war, ob sie nicht doch noch einmal zurückkommen würde, um sich zu rächen.

Beverly war eine Frau, die sich nichts nehmen ließ, von dem sie der Meinung war, es gehöre ihr. Es würde noch spannend werden, wann und wo ich das nächste Mal auf sie treffen würde.

Aber bis dahin wollte ich meine Zeit mit Jason in vollen Zügen genießen und mich ein wenig auf Wolke sieben, fernab der Wirklichkeit, treiben lassen.

»Das freut mich wirklich wahnsinnig, dass dem so ist. Junge Liebe erfreut mein Herz nach wie vor am meisten.«

Lara hatte mir bereits erzählt, dass Leonore bei ihrem Zusammenkommen mit Cailan die Finger im Spiel hatte.

»Wir werden sehen, wo es hinführt. Aber für den Moment bin ich sehr glücklich darüber, dass wir uns wiedergefunden haben.«

Noch vor vierundzwanzig Stunden, als ich auch viel zu früh und wahnsinnig aufgeregt aufgewacht war, hätte ich nie für möglich gehalten, dass sich nur einen Tag später all meine Probleme in Wohlgefallen auflösen würden.

Das war ein Wunder. Eines von der Sorte, die man nicht hatte kommen sehen können.

»Wie geht es denn nun weiter?«, fragte Leonore, nachdem ich mir die Gabel mit dem Ei und dem Speck darauf endlich in den Mund geschoben hatte.

»Jason wird mich später abholen. Er muss erst noch ein paar Dinge in der Whiskey-Destillerie erledigen. Aber danach kommt er her, und wir verbringen den Tag gemeinsam hier am Clachtoll Beach. Vielleicht gehen wir spazieren oder schwimmen. Es gibt hier ja zum Glück ganz viele Möglichkeiten.«

Leonore nickte und schenkte in meine Tasse frischen Kaffee nach.

Ich war so vertieft in das Gespräch mit ihr und in meine Gedanken, dass ich gar nicht mitbekommen hatte, dass ich den Inhalt meiner ersten Tasse bereits ausgetrunken hatte.

Verrückt!

»Da sagst du was. Das wird sicher ganz wundervoll heute. Das Wetter soll auch mitspielen. Es wird keinen Regen geben. Soweit man das an der Küste im Voraus sagen kann.«

Sie lächelte, während ich mit meinem Blick den makellos blauen Himmel nach einer Wolke absuchte. Fehlanzeige! Heute würde es sicher nicht mehr regnen.

»Kann ich dir vielleicht noch irgendwie zur Hand gehen?«, bot ich meine Hilfe an.

Leonore überlegte kurz.

»Lara und Cailan fahren später zum Wochenmarkt.«

Mir schwante Übles.

»Wenn es wieder darum geht, dass ich die Rezeption übernehme, muss ich dir leider sagen, dass ich mich ziemlich untauglich für diesen Posten gezeigt habe.«

Leonore lächelte.

»So dramatisch würde ich es gar nicht ausdrücken wollen. Dafür, dass dir keiner eine Instruktion gegeben hat, wie das da alles so läuft, hast du dich gut geschlagen. Allerdings ging es mir heute gar nicht um die Rezeption, sondern um den Garten. Besser gesagt die Blumen. Wir bräuchten fünf Sträuße. Möglichst bunt.« Dann öffnete sie wahllos ein paar Küchenschränke und zeigte mir verschiedene Vasen. »Und nicht zu dick, damit sie hier reinpassen.«

»Gibt es heute denn ein Fest bei uns?«

Wenn Lara mir davon erzählt hatte, dann hatte ich es in dem ganzen Jason-Chaos offenbar nicht mitbekommen. Schon bekam ich ein schlechtes Gewissen. Hätte ich meine Hilfe womöglich viel früher anbieten sollen?

»Gegen elf Uhr findet im Garten eine Taufe statt. Die Familie ist seit vielen Jahren zu Gast in unserem Haus. Vor einigen Monaten hatten sie sogar überlegt, das B&B zu kaufen«, holte Leonore weiter aus.

»Oh, ich wusste gar nicht, dass das Cottage zum Verkauf stand. Lara hat mir nichts davon erzählt.«

Leonore winkte ab.

»Das war nur kurzfristig. Nicht der Rede wert.«

»Das beruhigt mich«, erwiderte ich ehrlich.

Schließlich wusste ich, wie wohl sich meine Freundin hier fühlte.

Neben dem eigentlichen Hotelbetrieb kümmerte sich Lara auch um Lesungen, richtete Yoga-Wochenenden aus und veranstaltete mit hiesigen kreativen Köpfen Kunstmärkte, auf denen Selbstgetöpfertes ebenso wie Selbstgenähtes und Selbstgemaltes angeboten wurde.

Lara war endlich an ihrem Platz angekommen. Und ich wünschte ihr von Herzen, dass sie diesen nie wieder aufgeben musste.

»Die Aufgabe mit den Blumen übernehme ich gerne. Ich verspreche auch, mich dabei nicht so dämlich anzustellen wie an der Rezeption.«

Zur Untermauerung meiner Worte hob ich die rechte Hand zum Schwur.

Leonore grinste und schüttelte leicht den Kopf.

»Du wirst das ganz fantastisch machen, liebe Anna. Ich danke dir für deine Hilfe und hoffe, du hast später einen tollen Tag mit Jason.«

Während ich im Garten von Blume zu Blume ging und eine schöne Auswahl für die Taufe zusammenstellte, flogen meine Gedanken abermals zu Jason. Wie lange er wohl noch brauchte, bis er sich loseisen und zu mir kommen konnte?

Ungeduldig versuchte ich mich voll und ganz auf meine Aufgabe zu konzentrieren. Schließlich wollte ich keine der Blumen umsonst schneiden. Dafür war das Blumenmeer einfach viel zu schön und gleichsam ein reiches Buffet für all die Bienen und Hummeln, die sich herrlich daran labten.

Die ersten Gäste des B&Bs wurden wach, öffneten die Fenster oder gingen hinunter zum Frühstück. Lara kam zu mir in den Garten.

»Du bist ja schon fleißig«, bemerkte sie, als sie bei mir ankam.

»Leonore hat mich gebeten, Blumen für die Taufe zusammenzustellen«, berichtete ich ihr.

Sie lächelte verschwörerisch.

»Na? Wie war die Nacht? Konntest ohne Jason an deiner Seite wohl nicht so gut schlafen, wenn du jetzt schon auf den Beinen bist.«

»Leonore meinte, es wäre Vollmond gewesen. Sie konnte auch nicht schlafen.«

»So, so. Vollmond also.« Sie knuffte mich freundschaftlich in die Seite.

»Ja, Vollmond«, blieb ich beharrlich.

»So oder so, ich freu mich ja wahnsinnig für dich, dass der gestrige Trip nach Muir of Ord ein voller Erfolg war. Wenn es danach ginge, würde ich dich gleich wieder hinfahren. Denn seit dich Jason gestern Abend zurückgebracht hat, bist du wie ausgewechselt. Du strahlst so von innen heraus. Das Leuchten ist kaum zu übersehen. Das wird Max auch gleich bei seiner Ankunft feststellen und schneller von hier verschwunden sein, als er »verliebt« sagen kann.

Bei Laras Worten fielen mir die bereits geschnittenen Blumen aus der Hand.

»Max? Wieso? Kommt Max etwa hierher?«, rief ich mit Panik in der Stimme.

An den hatte ich seit meiner Wolke-sieben-Zeit keinen Gedanken mehr verschwendet. Warum kam er denn ausgerechnet jetzt? Und woher wusste er überhaupt, dass ich in Schottland und nicht mehr in Neuseeland war?

Lara machte große Augen.

»Wusstest du denn gar nicht, dass er kommen würde? Er hat gestern im B&B angerufen und nach dir gefragt. Ich habe ihm dann erzählt, dass du unterwegs wärst.«

So hatte er es also herausgefunden, wo ich mich im Moment aufhielt. Seine Fähigkeiten als Unternehmensberater waren besonders im kommunikativen Bereich nahezu tadellos. Was ihm in dieser Hinsicht allerdings fehlte, war das Feingefühl. Dennoch kam er meist ohne größere Probleme an sein Ziel. Oft sogar noch schneller als ich, die ich mich um unsere Kunden bemühte und nicht nur meinen Profit aus der Zeit mit ihnen schlagen wollte. Aber das tat jetzt nichts zur Sache.

»Dann weiß er also, dass ich hier bin«, stellte ich fest.

Lara überlegte.

»Und ich dumme Kuh habe ihm das auch noch verraten. Entschuldige bitte, Anna, das war nicht meine Absicht. Aber Max klang so, als wäre er längst im Bilde. Und ich dachte, du wolltest, jetzt, da das mit Jason geklärt ist, reinen Tisch mit Max machen. Es tut mir so leid.«

Ich winkte ab.

»Dich trifft in dieser Angelegenheit keine Schuld, Lara. Max kann enorm manipulativ sein, wenn er an sein Ziel kommen möchte. Er kennt Mittel und Wege, Informationen aus seinem Gegenüber herauszubekommen, von denen haben wir beide keine Ahnung.«

Ich wunderte mich darüber, wieso er sich ausgerechnet jetzt auf den Weg machte, um mich aufzuspüren. Aber dafür blieb mir nicht allzu viel Zeit. Schließlich musste ich überlegen, was nun zu tun war.

»Weißt du denn, wann er hier sein wollte?«

Lara schüttelte bedauernd den Kopf.

»Leider nein. Er meinte nur, dass er heute kommen würde. Wir könnten die Flugliste durchgehen. Anhand dieser besteht die Möglichkeit, ungefähr einzuschätzen, wann er hier aufschlagen müsste. Dann könnt ihr in Ruhe reden.«

Zur Antwort schüttelte ich vehement den Kopf.

»Jason will heute vorbeikommen«, erklärte ich.

»Au Backe!«, erwiderte Lara und machte dabei große Augen. »Das nenne ich mal schlechtes Timing. Weißt du denn in etwa, wann er kommen will?«

Nun war es an mir, mit dem Kopf zu schütteln.

»Er wollte erst ein paar Dinge in der Firma klären und dann herkommen.«

Lara sah mich bedauernd an.

»Und wenn du ihn anrufst und ihr das Treffen verschiebt?«, schlug sie vor.

»Wir haben noch gar keine Zeit gefunden, Handynummern auszutauschen. Das war bisher nicht nötig«, erklärte ich.

Schließlich brauchte man auf Wolke sieben keine Handys, WLAN oder sonst irgendwelche technischen Errungenschaften der letzten Jahrzehnte.

»Mist!«, brachte Lara meine Situation schließlich auf den Punkt.

»Das kannst du laut sagen«, bestätigte ich ihr.

»Dummerweise muss ich auch noch mit Cailan zum Wochenmarkt, um Besorgungen zu machen. Ich könnte Leonore fragen … Allerdings müsste ich dann in der Küche alles vorbereiten …«, überlegte sie laut.

»Nein, Lara, geh du nur mit Cailan zum Markt. Ich komme schon allein klar. Nun, da ich weiß, was auf mich zukommen wird, kann ich versuchen, die Katastrophe abzuwenden. Und vielleicht ist es auch gar nicht so verkehrt, wenn ich endlich mit Max sprechen und ihm sagen kann, wie es um uns steht. Nach den gemeinsamen Jahren hat er eine ehrliche Antwort von mir verdient.«

»Auch wenn sein Vorschlag ziemlich geschmacklos war.«

Viel zu lange schon hatte ich mich vor einer Entscheidung gedrückt. Doch nun gab es keinen Grund mehr, Max nicht offen und ehrlich zu sagen, woran er war. Für uns gab es keine Zukunft mehr. Unsere gemeinsame Zeit lag hinter uns. Nun war er frei, um mit einer oder mehreren anderen glücklich zu werden.

Kapitel 22

Jason

»Es gibt ein paar merkwürdige Vorkommnisse in der Firma«, erklärte Oliver, Grannys nicht besonders verschwiegener Sekretär.

Ehe er weitersprach, sah er sich prüfend nach allen Seiten hin um, schloss die Tür zur Teeküche und rückte mir dann so nah auf die Pelle, dass ich am liebsten zwei Schritte auf Distanz zu ihm gegangen wäre.

Dumm nur, dass hinter mir die Küchenzeile lag und mir damit ein Fluchtweg versperrt war.

»Was ist denn passiert?«, fragte ich nach.

Oliver war nicht nur nicht besonders verschwiegen, sondern auch ziemlich begeistert, wenn es darum ging, Verschwörungstheorien zu spinnen. Anders konnte man es nicht nennen.

Grannys Sekretär und ich waren zusammen in die Schule gegangen. Schon damals war er der Überzeugung gewesen, wir würden alle vom MI6 bespitzelt. Laut Oliver waren unsere Schultaschen mit Wanzen ausgestattet. Außerdem sah er des Öfteren eine schwarze Limousine vor dem Schulgebäude entlangfahren.

Kurzum: Oliver hatte von jeher eine außerordentlich blühende Fantasie. Und egal, was wir ihm sagten, wie sehr wir ihn aufs Korn nahmen und uns lustig über ihn und seine Verschwörungstheorien machten, es kümmerte ihn nicht. Ganz im Gegenteil.

Je mehr wir ihn triezten, desto mehr verlor er sich in seiner eigenen Welt. Wie er letztlich den Job bei Granny erhalten hatte, war mir nach wie vor schleierhaft. Aber sie kümmerte sich um die Einwohner von Muir of Ord. Mehr, als es der hiesige Bürgermeister Sam Taylor je getan hätte. Sicher hatte sie Mitleid mit ihm und seiner Mum gehabt. Die Ärmste war schon seit frühester Kindheit mit der Erziehung von Oliver überfordert gewesen. Vielleicht hatte er sich deshalb in eine Alternativwelt geflüchtet.

Mahnend hielt Oliver den Zeigefinger vor den Mund. Es kostete mich große Überwindung, ihn nicht auf das winzige Detail hinzuweisen, dass wir allein in der Küche waren. Vielleicht auch besser so. Am Ende hätte er haarklein erklärt, wo er in der Firma überall Abhörtechniken und Hinterhalte vermutete.

»Es gab gestern Abend einen Hackerangriff auf unser System.«

Bei Olivers Worten machte ich große Augen. Für den Wimpernschlag eines Augenblicks war ich mir unsicher darüber, ob er die Wahrheit sagte oder ob er sich das alles nur ausgedacht hatte.

Aber so verschroben mein ehemaliger Schulkollege auch war, lügen lag nicht in seinem Naturell. Schon während unserer gemeinsamen Zeit in der Grundschule war er nicht dazu in der Lage, jemandem etwas vorzumachen. Das hatte ihm ein ums andere Mal Nachsitzen und zusätzliche Hausarbeiten bei Mrs Smith eingebracht.

Gut möglich, dass Granny gerade seine ehrliche Art zu schätzen wusste.

»Wie hoch ist der Schaden?«, formulierte ich die mir am dringendsten erscheinende Frage.

Oliver wedelte unbestimmt mit seiner rechten Hand vor meinem Auge herum.

»Das kann man zum jetzigen Zeitpunkt noch nicht feststellen. Die IT-Abteilung ist dran.«

Kopfschüttelnd stand ich da, während ich versuchte, aus Olivers Informationen Schlüsse zu ziehen.

Viel war es bisher nicht, was wir wussten. Wer hatte versucht, sich Zutritt zu unseren Systemen zu verschaffen, und aus welchem Grund? Mit Hackerangriffen mussten viele große und kleine Unternehmen rechnen. Bisher hatte ich nicht erwartet, dass unsere Familienbrennerei auch einmal in den Fokus einer solchen Attacke geraten könnte. Aber man lernte offenbar nie aus.

»Werden sie herausbekommen können, wer dahintersteckt?«

Oliver machte eine abwägende Kopfbewegung.

»Das ist zum jetzigen Zeitpunkt schwer zu sagen. Es gibt offenbar Mittel und Wege, um den Tätern auf die Spur zu kommen. Allerdings hängt das davon ab, wie professionell die Bande unterwegs war«, erklärte Oliver.

»Dann wissen wir also bereits, dass es mehrere Täter sind?«, hakte ich nach.

Oliver sah mich verwundert an.

»Wie meinst du denn das jetzt?«

»Na, du hast doch von einer Bande gesprochen.«

Oliver winkte ab.

»Ja, aber doch nur im übertragenen Sinne«, sagte er und wirkte dabei mächtig zufrieden mit sich.

Grannys Sekretär musste sich nun, da wir tatsächlich einen Übergriff auf unsere Daten erlebten, bestätigt in all seinen Theorien fühlen. Allein zu Olivers Schutz wäre es besser gewesen, es hätte diesen Cyberangriff nie gegeben.

Wie es Granny wohl damit ging?

»Weiß meine Großmutter schon Bescheid?«, fragte ich vorsichtig nach.

Oliver nickte heftig mit dem Kopf.

»Gleich nachdem unsere Leute heute Morgen festgestellt haben, dass etwas nicht in Ordnung ist, habe ich sie angerufen und darüber in Kenntnis gesetzt. Keine zwanzig Minuten später war sie hier, um sich selbst ein Bild der Lage zu machen. Seither sitzt sie mit den Kolleginnen und Kollegen der IT zusammen und beratschlagt sich. Später wird sie noch einen Krisenrat einberufen, zu dem alle Familienmitglieder eingeladen werden.«

Da ging er dahin, mein Nachmittag mit Anna. Dabei hatte ich mich doch schon so sehr darauf gefreut, ungestört Zeit mit ihr zu verbringen. Aber diese Angelegenheit duldete keinen Aufschub.

Einer solchen Bedrohung war meine Familie in über einem Jahrhundert nicht ausgesetzt gewesen. Rezessionen, Weltwirtschaftskrisen, Weltkriege, Unruhen, Prohibitionen und Seuchen – das alles hatte die Firma bereits überstanden. Und jetzt kam irgendein Unbekannter – oder Bekannter? – daher und versuchte uns in Zeiten der Ruhe und des Friedens wachzurütteln.

»Ich werde gleich zu ihr gehen und ihr beistehen. Granny sollte in einem solchen Moment nicht allein sein.«

Auch wenn ich wusste, dass sich die Kolleginnen und Kollegen der IT-Abteilung sicher rührend um sie kümmern würden, hielt ich es dennoch für angebracht, wenn ich mich als ihr Enkel um sie kümmerte.

Soweit ich das überblickte, war sonst noch niemand von uns da. Ich war extra früher aufgebrochen, weil ich mich anschließend schnellstmöglich auf den Weg zu Anna machen wollte. Aber daraus würde nun nichts werden. Leider!

»Ich mache ihr noch schnell einen Beruhigungstee. Du könntest ihn ihr mitnehmen«, schlug Oliver vor.

Dankend nahm ich sein Angebot an.

Doch noch ehe ich mich auf den Weg zu Granny machte, wollte ich zunächst einmal Anna Bescheid geben, dass ich heute nicht kommen konnte. Mit der Teekanne und der Tasse in der Hand fiel mir auf halber Strecke zu meinem Büro jedoch ein, dass wir bislang noch keine Nummern getauscht hatten. Wie sollte ich sie also verständigen?

»Hast du es schon gehört?«, blaffte Onkel Theodore mir mitten auf dem Flur entgegen.

Seine Worte klangen dabei viel mehr wie: *»Du bist an allem schuld. Schau nur, was du wieder angerichtet hast.«*

Nach der gestrigen Diskussion in der Bibliothek kam die Nachricht des Cyberangriffs mehr als ungelegen. Aber trotz aller Widrigkeiten war ich mir nach wie vor sicher, dass Anna nichts damit zu tun hatte. Sie war keine Spionin der Konkurrenz. Ganz bestimmt nicht.

Wobei die Tatsache, dass wir uns bei den Highland Games begegnet waren, schon mehr als merkwürdig war. Zuletzt hatten wir uns Tausende von Meilen weiter weg in Neuseeland gesehen, und dann stand sie plötzlich in den schottischen Highlands vor mir, als wäre das das Natürlichste von der Welt.

Ich glaubte an Zufälle. Sie passierten. Ganz sicher sogar. Aber war das bei den Spielen tatsächlich nur ein Zufall gewesen? Oder nicht vielmehr von langer Hand geplant?

»Natürlich«, erwiderte ich betont ruhig, während die Zweifel, die mein Onkel in mir gesät hatte, mich von innen her zu zerfressen begannen.

Kopfschüttelnd stand er vor mir.

»Schöne Scheiße! Und das an einem Montagmorgen. Wenn die Woche schon so beginnt ...«, wetterte er und ging dabei an mir vorüber in Richtung seines Büros.

Den Rest seines Satzes hörte ich nicht mehr. Dennoch konnte ich mir zusammenreimen, was er vor sich hin schimpfte. Schließlich machte er keinen Hehl daraus, wen er für dieses Malheur verantwortlich machte. Das brauchte er gar nicht laut und deutlich auszusprechen.

Anna.

Bevor ich zu Granny ging, würde ich sie benachrichtigen müssen. Nur wie?

»Ich habe soeben die Reise deiner Großmutter nach Yorkshire stornieren sollen«, sagte Oliver, der plötzlich wie ein aus dem Zylinder gezaubertes weißes Kaninchen neben mir auftauchte und dabei klang, als hätte er seinen Jahresurlaub absagen müssen.

»Dann ist die Angelegenheit offenbar ernst«, resümierte ich.

Oliver nickte.

Granny fuhr jedes Jahr Ende Juli nach Yorkshire, um in Malham, einem verschlafenen Nest im Yorkshire Dales National Park, ein paar ungestörte Tage weitab des Trubels um sie und ihre Person zu verbringen.

Früher hatte mein Großvater sie begleitet, und die beiden hatten mitunter eine ganze Woche dort verbracht. Doch seit er verstorben war, nahm sie sich nur noch exakt drei Tage frei. Den Rest des Jahres arbeitete sie. Sie war unerbittlich mit sich selbst. Und sie war Zeit ihres Lebens darum bemüht gewesen, das Erbe der Familie McCallister zu bewahren.

Die Tatsache, aus dem Netz angegriffen worden zu sein, musste sich schrecklich für sie anfühlen. Diesen Hinterhalt hatte sie nicht kommen sehen. Dabei plante sie doch sonst alles immer minutiös bis ins kleinste Detail.

Oliver setzte seinen Marsch fort, während ich an meinem Büro haltmachte. Die Stornierung des Hotels in Malham hatte mich auf die Idee gebracht, im B&B am Clachtoll Beach anzurufen und dort nach Anna zu fragen. Sie würde sicher da sein. Schließlich wartete sie nur darauf, dass ich endlich bei ihr auftauchte, um den Tag mit ihr zu verbringen.

An meinem Schreibtisch stellte ich die Kanne und die Tasse ab und tippte sogleich etwas in mein Handy ein. Wenige Klicks später befand ich mich schon auf der Website des B&Bs und fand noch einen Klick später auch die Telefonnummer.

Im Handumdrehen wählte ich die Nummer. Es klingelte. Doch niemand nahm ab. Ein Anrufbeantworter sprang an. Ich wollte schon etwas aufs Band sprechen, als der Anruf entgegengenommen wurde.

»B&B am Clachtoll Beach. Hier spricht Lara. Was kann ich für Sie tun?«

Annas Freundin war ganz außer Atem.

»Hallo, Lara. Hier spricht Jason. Ist Anna da? Ich müsste kurz mit ihr sprechen. Es ist dringend.«

Ein erleichterter Ausruf kam ihr in einer Sprache über die Lippen, die ich nicht sprach. Sicher war es deutsch.

»Entschuldige bitte, Jason. Ich rufe sie gleich.«

Ich wollte mich bei ihr bedanken, allerdings hatte sie den Hörer bereits zur Seite gelegt. Sie wirkte aufgelöst und flatterig. Sicher war viel los im B&B. Schließlich war im Moment Hauptreisesaison. Zumindest für die meisten Menschen dieses Landes. Urlaub rückte im Hinblick auf die aktuelle Lage immer weiter in den Hintergrund. Dabei hatte ich meinen letzten sogar vorzeitig absagen müssen.

»Jason?«, hörte ich im nächsten Moment schon Annas Stimme am Hörer fragen.

»Ein Glück, dass ich dich erreiche, mein Schatz. Ich muss dir leider sagen, dass ich es doch nicht schaffen werde, heute zu dir zu fahren. In der Firma gibt es Probleme. Ich muss hierbleiben und Granny beistehen«, erklärte ich.

Und wunderte mich im nächsten Augenblick über mich selbst. Warum hatte ich Anna nicht gesagt, was bei uns los war? Es gab keinen Grund, ihr vorzuenthalten, dass wir von Hackern angegriffen worden waren. Warum hatte ich es ihr also verschwiegen?

Weil du glaubst, in Onkel Theodores Worten könnte doch ein Funke Wahrheit liegen, behauptete meine innere Stimme.

Anna, eine Spionin? Nein, das stand außer Frage. Sie war eine ganz normale Frau aus Deutschland, die ich in Neuseeland ganz zufällig kennengelernt und wenig später in den schottischen Highlands wiedergetroffen hatte.

›Junge, du musst zugeben, dass sich das schon nach einer Menge Zufällen anhört. Findest du nicht auch?‹, ermahnte mich meine innere Stimme abermals.

»So schlimm? Was ist denn passiert?«, riss Anna mich aus meinen wirren Gedanken.

Keine Sekunde zu früh.

»Es gilt ein paar Sachen zu klären und intern eine Abstimmung vorzunehmen. Nichts, worüber du dir den Kopf zerbrechen müsstest. Ich melde mich heute Abend bei dir. Dann kann ich dir sagen, ob es morgen klappt. Okay?«

»Ist gut«, erwiderte Anna geknickt.

Offenbar war sie traurig darüber, dass wir uns heute nicht sehen würden.

Ober aber sie spürte, dass ich nicht bereit war, ihr Auskunft darüber zu erteilen, was in der Whiskey-Brennerei gerade vor sich ging.

›Vielleicht weiß sie, was hier vor sich geht, und verstellt sich nur‹, warf meine innere Stimme ein.

Doch ich verwarf den Gedanken schnell wieder.

»Sei mir nicht böse. Ja?«, bat ich. »Wenn es nach mir ginge, wäre ich jetzt auch viel lieber bei dir«, gestand ich ihr ein.

»Ich werde morgen auf dich warten. Mach dir keinen Kopf. Okay? Du musst dich jetzt erst mal um deine Familie kümmern. Das ist wichtiger«, erwiderte sie einsichtig.

Das sagt sie jetzt nur, um dich in Sicherheit zu wiegen und dir vorzutäuschen, dass sie Verständnis für dich und deine Situation hat, wetterte meine innere Stimme weiter, als hätte sie über Nacht Onkel Theodores Ansicht zu ihrer eigenen gemacht.

»Es tut mir wirklich leid«, sagte ich und entschuldigte mich dabei gleich für meine innere Stimme mit.

Auch wenn Anna ihre Worte nicht hatte hören können, empfand ich eine gewisse Notwendigkeit, mich dafür zu entschuldigen.

»Dann bis morgen«, verabschiedete sich Anna.

Bildete ich es mir nur ein oder klang sie am Ende des Gesprächs ein wenig erleichtert?

Noch ehe ich über diesen Gedanken weiter nachdenken konnte, stürzte Oliver ohne anzuklopfen und mit wirrem Haar in mein Büro.

»Was ist denn mit dir passiert?«, fragte ich ihn ungläubig ob seines desolaten Zustandes.

Neben dem zerrauften Haar saß seine Brille schief auf der Nase, und sein Blick wirkte so gehetzt, als wäre der Teufel höchstpersönlich hinter ihm her.

»Theodore spricht seit seiner Ankunft im Haus von Spionage und davon, dass er wisse, wer dahintersteckt. Die Gemüter sind erhitzt. Und jetzt macht er sich auch noch auf den Weg zu deiner Großmutter.«

Dieser törichte alte Mann würde Granny noch einen Herzinfarkt bescheren. Warum hielt ihn denn niemand auf?

»Danke, Oliver«, sagte ich, nahm die Tasse und die Kanne und eilte an ihm vorbei in Richtung von Grannys Büro.

Kapitel 23

Anna

Mit einer Mischung aus Erleichterung und schlechtem Gewissen ließ ich das Telefon zurück auf die Ladestation sinken.

Es war nicht schön von mir, mich darüber zu freuen, dass Jason heute aus familiären Gründen nicht kommen konnte. Aber auf diese Weise konnte ich sicherstellen, dass es keine unschöne Begegnung zwischen Max und ihm geben würde. Und diese Tatsache war, trotz der Lage, in der Jason und die Firma sich gerade befanden, enorm befreiend.

»Und?«, fragte Lara mit großen erwartungsvollen Augen.

Während des Gesprächs war sie zu Leonore in die Küche gegangen, um mir den nötigen Raum zu geben, mit Jason zu sprechen, wofür ich ihr sehr dankbar war.

»Es ist alles gut«, beeilte ich mich zu sagen.

Schließlich fieberte auch sie mit mir mit.

»Jason kann heute nicht kommen. In der Firma gab es wohl einen Zwischenfall«, erklärte ich, ohne ihr nähere Details nennen zu können.

Als er nicht weiter ausholte, um mir zu erklären, was vorgefallen war, war ich für einen Moment ein wenig enttäuscht gewesen, fühlte ich mich ihm doch so verbunden, dass ich ihm alles erzählen würde. Abgesehen von der Tatsache, dass meine Beziehung zu Max offiziell noch nicht ganz als beendet gelten konnte.

Aber diese Episode würde ich, wenn alles so lief, wie ich mir das ausmalte, schon heute abschließen können, um ein ganz neues und reinweißes Kapitel mit Jason beginnen zu können.

»Oh, ich hoffe, es ist nichts Schlimmes«, sagte Lara besorgt.

Ich schüttelte den Kopf.

»Ich denke nicht«, behauptete ich, ohne mehr darüber zu wissen.

»Dann ist ja gut«, sagte sie und hielt sich erleichtert die Hand aufs Herz. »Cailan und ich müssen nämlich gleich los. Ich bin froh, dass die drohende Gefahr gebannt ist und Jason und Max sich hier am Clachtoll Beach nicht über den Weg laufen werden.«

Darüber war ich auch sehr froh. Nicht auszumalen, wie die beiden reagiert hätten, wenn sie das erste Mal aufeinandergetroffen wären. Jason wäre sicher schrecklich enttäuscht von mir gewesen und hätte sich hintergangen gefühlt. Und Max wäre zutiefst in seiner Ehre gekränkt gewesen.

»Geht ihr nur. Ich werde Leonore in der Küche zur Hand gehen und mich dabei ein wenig ablenken, bis Max dann eintrifft.«

»Du kommst mir wie gerufen, liebe Anna. Ich wollte gerade damit beginnen, Marmelade einzukochen. Die Frühstücksmarmelade der Gäste neigt sich dem Ende zu. Und da wir alles, was wir hier aus unserem Garten ernten, dazu verwenden, damit es unseren Gästen noch besser bei uns geht, wollte ich mich jetzt mal an die Arbeit machen.«

Leonore rieb sich geschäftig die Hände.

»Wie kann ich dir behilflich sein?«, fragte ich und band mir dabei eine der Schürzen um, die an einem Haken an der Wand hingen.

Sie war weiß, gestärkt und hatte eine aufwendige Stickerei im oberen Bereich. Das Bild erinnerte mich an den Clachtoll Beach. Sicher hatte Leonore die Schürze selbst mit der Stickerei verschönert. Zutrauen würde ich es ihr. Und die nötigen Fertigkeiten dazu hatte sie allemal.

»Schau mal da drüben, Anna, in dem Schrank müsste ganz unten ein großer Topf sein. Den brauchen wir«, sagte sie und verschwand daraufhin in einem angrenzenden kleinen Raum, in dem sich die Vorräte befanden, die Cailan und Lara mit ihrem Einkauf wieder auffüllen würden.

Denn alles, was nicht aus dem Garten zur Versorgung der Gäste beitragen konnte, wurde über regionale Produkte ergänzt, die auf dem hiesigen Wochenmarkt eingekauft wurden.

Cailan und Lara, und natürlich auch Leonore, war es sehr wichtig, dass ihre Gäste überall im Haus die Verbundenheit zur Region spürten. Und die musste man ebenso schmecken.

Die drei liebten, was sie hier taten, und ruhten förmlich in sich.

Was für eine schöne Vorstellung, wenn man das, was man machte, um seinen Lebensunterhalt zu sichern, mit Liebe und Dankbarkeit erledigte. Es rührte und ehrte mich zugleich, dass ich für einen gewissen Zeitraum ein Teil dieser Einheit sein und mich einbringen durfte.

Und das nicht nur, um mich auf andere Gedanken zu bringen.

Zumindest nicht, wenn es um Jason oder Max ging.

Denn auf andere Gedanken, meine Arbeit betreffend, wollte ich sehr gerne gebracht werden. Sobald ich mit Max gesprochen und ihm alles erklärt hatte, wurde es Zeit, einen Schlussstrich unter die Zeit in München zu setzen.

Wohlgefühlt hatte ich mich in dieser riesigen Stadt ohnehin nie. Ich wollte weg von dort und mein altes Leben am besten gleich ganz hinter mir lassen. Die Anna, die vor knapp zehn Wochen zu ihrem Sabbatical nach Neuseeland aufgebrochen war, gab es nicht mehr. Und das war auch gut so.

»Den hier?«, fragte ich Leonore, als sie mit einer großen Schüssel voller Beeren in der Hand aus dem Raum wieder auftauchte, und hob dabei einen Topf in die Höhe, der so groß war wie noch keiner, den ich zuvor in die Höhe gehoben hatte.

Leonore lachte bei dessen Anblick.

»Zwei bis drei Nummern kleiner reicht vollkommen aus«, sagte sie dann.

Also machte ich mich erneut auf die Suche und wurde sogleich fündig.

»Was kann ich nun machen?«

Ohne Beschäftigung würden meine Gedanken gleich wieder zu Max und seiner baldigen Ankunft abdriften. Eine gewisse Unruhe befiel mich, kaum dass ich daran dachte. Mein Magen zog sich schmerzvoll zusammen, und am liebsten hätte ich gerade einfach meinen Backpackerrucksack gepackt und wäre von hier verschwunden.

Aber man musste die Entscheidungen des Lebens treffen und dazu stehen. Das hatte ich in meiner Zeit hier in Schottland gelernt. Und ich musste mich von Altlasten befreien. Dazu gehörte auch die Beziehung zu Max, die weder für mich noch für ihn die Erfüllung bedeutet hatte.

Vielleicht war er ja sogar erleichtert darüber, dass ich mich von ihm trennen wollte. Auf diese Weise musste er den letzten Schritt, vor dem er wohl zurückgeschreckt war, als er mir sein merkwürdiges Angebot unterbreitet hatte, nicht gehen.

Jetzt war es doch passiert. Ich dachte über Max nach.

»Du kannst die Erdbeeren waschen, putzen und in Stücke schneiden«, riss Leonore mich zum Glück schon im nächsten Moment aus meinen Gedanken.

»Lara meinte, du würdest heute mit deiner Vergangenheit konfrontiert werden«, fragte Leonore, während ich mich der Schüssel widmete, die sie aus dem Vorratsraum gebracht hatte.

Ich seufzte.

»Mein Noch-Freund Max kommt heute. Er hat rausbekommen, dass ich nicht mehr in Neuseeland bin, und fliegt vermutlich gerade von Frankfurt nach Edinburgh.«

Oder er ist längst da, gab meine innere Stimme ihren Senf dazu.

Leonore nickte verstehend.

»Oh, das ist sicher ein sehr emotionaler Tag für dich. Ich kann gut verstehen, dass dich die Aussicht auf das baldige Treffen nervös macht. Mir ginge es in deiner Situation sicher nicht anders. Dennoch bin ich der Überzeugung, dass du genau das Richtige tust. Es ist wichtig, für klare Verhältnisse zu sorgen.«

Leonore hatte mit dem, was sie sagte, so recht. Ich wusste auch, dass ich mich nach dem Gespräch mit Max viel wohler in meiner Haut fühlen würde. Betonung lag auf *nach* dem Gespräch. Bis dahin würde ich vermutlich noch verzweifeln.

»Es wäre schön, wenn ich das jetzt gleich klären könnte. Diese Warterei macht mich ganz wahnsinnig«, gestand ich ihr ein.

Leonore lächelte milde und deutete dabei auf das angrenzende Kämmerchen.

»Dort sind neben den Blumen, die du gepflückt hast, noch mal zwei so große Schüsseln voll mit Erdbeeren. Ich denke, wir kriegen dich definitiv beschäftigt.«

Und tatsächlich. Mit Leonore in der Küche schienen die Stunden nur so zu verfliegen. Um die Mittagszeit war die Taufe im Garten schon wieder vorbei. Leonore und ich hatten derweil sage und schreibe sechsunddreißig Erdbeermarmeladengläser eingekocht, die nun in Reih und Glied und auf dem Kopf stehend darauf warteten, an ihren Bestimmungsort – nämlich in die Regale im Vorratsschrank – verfrachtet zu werden.

»Vielen Dank für deine Hilfe«, sagte Leonore, als auch der letzte Schraubverschluss auf dem Glas angebracht worden war.

Ich winkte ab.

»Ich muss vielmehr dir danken, dass du meine Nervosität ertragen hast.«

Kapitel 24

Jason

»Und ich sage es noch mal: Was für ein Zufall mag das sein, dass Jasons Urlaubsbekanntschaft ausgerechnet jetzt hier auftaucht, wenn wir uns dem ersten größeren Hackerangriff unserer Firmengeschichte gegenübersehen?«

Onkel Theodore konnte es einfach nicht lassen. Mittlerweile redete er schon seit einer geschlagenen Stunde auf Granny ein, die sich nach wie vor – zum Glück – nicht besonders empfänglich gegenüber seinen Vermutungen zeigte.

»Theodore, ich weiß deinen Einsatz in dieser Angelegenheit sehr zu schätzen, auch wenn ich anderer Meinung bin.«

»Aber …«, hob er abermals an.

Seine Gesichtsfarbe nahm einen ungesunden Rotton an.

»Die IT arbeitet mit Hochdruck daran, dem Täter oder den Tätern auf die Spur zu kommen. Ich bin mir sicher, dass ihre Bemühungen bald zu einem Ergebnis führen. Bis dahin fände ich es gut, wenn wir damit aufhören würden, Menschen zu verunglimpfen, die allein durch ihre bloße Anwesenheit in deinen Augen bereits Verdächtige sind.«

Granny fand mal wieder die richtigen Worte. Meine waren vielleicht auch nicht viel schlechter gewesen, aber Onkel Theodore hatte mir einfach nicht zuhören wollen.

Er hatte sich dermaßen in seine Theorie verrannt, dass ich viel leichter Stellung beziehen und meine eigene innere Stimme ins Off verbannen konnte. Anna war keine Spionin, die es auf die Whiskey-Brennerei meiner Familie abgesehen hatte.

Sie war eine Frau, der ich mein Herz geöffnet hatte.

»Ich möchte dennoch zu bedenken geben, dass …«

Onkel Theodore konnte es einfach nicht lassen.

»Theodore, musst du nicht noch den Monatsabschluss vorbereiten?«, unterbrach ihn Granny mitten im Satz und gab ihm dabei überdeutlich zu verstehen, dass diese Diskussion nun ein Ende fand.

Den zusammengekniffenen Augen und der Furche auf der Stirn nach zu urteilen, war Onkel Theodore enttäuscht, vielleicht sogar wütend darüber, dass Granny ihn in die Schranken verwiesen hatte.

Aber ich war da ganz bei meiner Großmutter. Und das nicht nur, weil sie Anna aus der Schusslinie gebracht hatte. Schließlich war es nicht besonders förderlich, all seine Energie für Vermutungen zu vergeuden. Der eigentliche Kampf stand uns erst noch bevor, sobald wir wussten, wer es auf uns abgesehen hatte.

Bis dahin galt es: Ruhe bewahren und einen kühlen Kopf behalten!

Onkel Theodore entschied sich letztlich, das Feld zu räumen, und ging schnaubend in Richtung der Tür, ohne noch ein Wort an uns zu richten. Er musste sich in diesem Moment schrecklich missverstanden fühlen.

Ich war ihm nicht böse, weil er Anna in den Kreis der Verdächtigen zählte. Im Grunde seines Herzens ging es ihm nur darum, die Firma zu schützen. Auch wenn er in dieser Hinsicht eine ganz eigene persönliche Agenda verfolgte.

Mir gegenüber hatte er keinen Hehl daraus gemacht, dass er mit der Firmenleitung liebäugelte und mich, was diesen Wunsch anbelangte, als Bedrohung sah. Für ihn war es also naheliegend, Anna zu verunglimpfen, um damit mir zu schaden. Wenn auch nicht ganz fair. Aber so war es nun mal.

»Jason, mein Junge, warum fährst du nicht zu Anna und lenkst dich ein wenig ab?« Granny wollte nicht noch mehr Unruhe in diesen unruhigen Montag hineintragen als unbedingt nötig.

Dem ersten Impuls folgend wollte ich ihr sagen, dass ich Anna für heute bereits abgesagt hatte, um hier in der Firma bei ihr und den anderen bleiben zu können. Dann entschied ich mich jedoch dagegen. Herumsitzen und warten konnte ich überall. Und wenn es dem lieben Frieden diente, wollte ich gerne auf meine Großmutter hören und mich auf den Weg zum Clachtoll Beach machen.

»Grüß sie lieb von mir, ja? Ach, und sag ihr bitte, dass sie ihr Halstuch im Pavillon vergessen hat.«

Augenzwinkernd sah Granny mich an. Auch sie war mal jung gewesen. Und den weißen Pavillon am See hatte es schon damals gegeben.

Kapitel 25

Anna

Nachdem ich Leonore in der Küche geholfen hatte, wollte sie ihr kleines Reich sicher wieder allein und ohne ein störendes Nervenbündel an ihrer Seite genießen, also ging ich nach draußen in den Garten und versuchte ein Buch auf meinem E-Book-Reader zu lesen, das ich mir bereits vor meiner Reise nach Neuseeland geladen hatte.

Trotz des Bestsellertitels eines namhaften Autors kam ich einfach nicht in die Geschichte hinein. Sosehr ich mich auch bemühte, nach wenigen Seiten brach ich jedes Mal ab.

Allerdings war heute der Tag der großen Herausforderungen, und ich war mehr als gewillt, es noch mal zu versuchen. Mit dem Buch. Nicht mit Max.

Der ließ nach wie vor auf sich warten. Ständig schaute ich auf die Uhr, ohne zu wissen, wann er denn kommen würde, das machte mich schlichtweg wahnsinnig. Warum hatte er Lara nicht sagen können, wann er eintreffen würde?

Gut, zum Zeitpunkt des Gesprächs hatte er erst mal in Erfahrung bringen müssen, wo ich war. Dennoch war er doch sonst immer bis ins kleinste Detail auf alle Eventualitäten vorbereitet. Warum ausgerechnet jetzt nicht?

Während sich meine Gedanken vergaloppierten, bevor ich es auch nur über die erste Seite des Buches hinweggeschafft hätte, legte sich plötzlich etwas über meine Augen. Hände. Männliche Hände.

Ich riss sie herunter und drehte mich augenblicklich mit wild gegen meinen Rippenbogen schlagendem Herzen in Erwartung, Max gleich in die Augen zu sehen, zu der Person um.

Allerdings war es nicht Max, der mir soeben meine Augen zugehalten hatte.

Nein, es war Jason.

Und meine Aufregung schoss katapultartig in die Höhe.

»Was machst du denn hier?«, rief ich ihn panisch, während ich mich auf der Suche nach Max zu allen Seiten hin umsah.

Jason sah mich irritiert an.

»Freust du dich denn gar nicht, dass ich gekommen bin?«

Ich bemühte mich zu lächeln, was mir aufgrund der angespannten Situation jedoch schwerfiel.

»Doch. Ich freue mich. Ich freue mich sogar sehr«, behauptete ich und hoffte, dass mir diese Notlüge durchging.

Schließlich freute ich mich wirklich darüber, dass Jason gekommen war. Zu jedem anderen Zeitpunkt wäre ich ihm jetzt gerade am liebsten um den Hals gefallen, um meiner Freude gebührend Ausdruck zu verleihen.

Aber jetzt war nun mal nicht jeder andere Zeitpunkt. Vielmehr konnte Max jeden Moment hier aufschlagen, und das Chaos würde seinen Lauf nehmen.

Oh, bitte nicht!, flehte ich eine höhere Instanz an.

Jason sah mich nach wie vor mit leicht zusammengekniffenen Augen an.

Er schien mir nicht recht zu glauben.

»Habt ihr das Problem in der Firma denn schon beheben können?«, wechselte ich unvermittelt das Thema, während ich den Garten im Blick behielt.

Auf noch eine so unerwartete Begegnung der besonderen Art konnte ich getrost verzichten. Ich wollte vorbereitet sein. Wenn man das in dieser Situation denn überhaupt konnte.

»Nein, leider nicht. Das Problem besteht noch immer«, erwiderte er nebulös.

Nach wie vor hatte er mir nicht gesagt, was denn vorgefallen war. Und ich wollte nicht weiter in ihn dringen. Schließlich hatte ich selbst ein Geheimnis vor ihm. Eines von der Sorte, das ich Jason gegenüber längst erwähnt haben sollte.

Aber erst fand ich es nicht notwendig, ihm von Max zu erzählen, und nun fehlte der rechte Zeitpunkt. Ich spürte doch, wie sehr ihn die Sache in der Whiskey-Brennerei mitnahm. Jason hatte gerade ganz andere Sorgen.

»Das tut mir sehr leid«, sagte ich und meinte es auch so.

»Es war ein Hackerangriff«, offenbarte er mir schließlich. »Onkel Theodore hat die aberwitzige Vermutung aufgestellt, du könntest etwas damit zu tun haben.«

Jason lachte, doch ich konnte genau sehen, wie er mich bei seinen Worten beobachtete und seine Augen fest auf mich gerichtet hielt.

Glaubte er denn wirklich, dass ich mit diesem Überfall etwas zu tun haben könnte?

Augenblicklich fühlte ich mich gekränkt.

»Mein Onkel ist der Auffassung, dass es ein paar Zufälle zu viel in unserer Beziehung gibt. Erst die Begegnung in Neuseeland, dann das unverhoffte Wiedersehen hier in Schottland ... Er meint es nicht böse. Vielmehr ist er immer schon ein Schwarzmaler gewesen«, verteidigte er ihn, ohne mir jedoch klipp und klar zu sagen, dass er seine Ansicht nicht teilte.

Autsch!

»Ich kann dir vergewissern, dass ich keine Spionin bin.« Ich klang ein wenig verschnupft.

Jason schien es zu bemerken.

»Es tut mir leid. Onkel Theodores Fantasie muss mit ihm durchgegangen sein. Er hat die wildesten Theorien aufgestellt und uns alle ganz kirre damit gemacht. Auch wenn ich versucht war, ihm Glauben zu schenken, weiß ich es doch besser. Du könntest mich nie hintergehen.«

Jason schloss mich fest in seine Arme. Ich spürte, dass er seine Entschuldigung ernst meinte, und entspannte mich ein wenig in der Umarmung. Dennoch war ich mir der Tatsache bewusst, dass ich erst dann aus dem Schneider sein würde, wenn der wirkliche Täter gefasst worden war.

»Anna?«, hörte ich Max meinen Namen rufen.

Mein Blick schnellte zum Gartentor, an dem er stand und die Hand auf die Türklinke legte, um sie nach unten zu drücken und zu öffnen.

Mein Herz raste bei seinem Anblick. Am liebsten hätte ich meine Hände auf Jasons Wangen gelegt und ihn davon abgehalten, zum Gartentor zu schauen. Doch schon im nächsten Moment schoss auch sein Blick in die Richtung, aus der der Ruf gekommen war.

»Wer ist das?«, fragte er augenblicklich und sah mich dabei durchdringend an.

»Es ist nicht so, wie du denkst«, bemühte ich mich, ihm klarzumachen, dass Max und ich kein Spionageteam waren, das Angriffe auf die Whiskey-Brennerei seiner Familie verübte.

»Hier steckst du also«, sagte Max auf Deutsch.

Was abermals dafür sorgte, dass Jason zunehmend skeptischer wurde.

»Wer ist der Kerl?«, fragte er nun regelrecht feindselig und ging ein wenig auf Distanz zu mir.

»Ich?«, fragte Max, der im Gegensatz zu mir vollumfänglich über seine Stimme verfügen konnte.

»Ja«, erwiderte Jason mit versteinerter Miene.

Offenbar ließ er sich doch von den Verschwörungstheorien seines Onkels beeinflussen.

»Ich bin Annas Freund«, verkündetet Max und streckte Jason lächelnd seine Hand entgegen, während mir abwechselnd heiß und kalt wurde.

Was zur Hölle passierte hier nur und warum, um Gottes willen, tat denn niemand etwas dagegen? Das Stück war grauenvoll. Und ich ahnte, dass es noch schlimmer kommen würde, ohne dass ich mich aus meiner plötzlichen Schockstarre lösen konnte.

»Er ist *dein Freund*?«, wiederholte Jason Max' Worte und sah mich dabei mit so viel Verachtung im Blick an, dass ich vor ihm zurückschreckte.

»Bitte, lass es mich erklären«, versuchte ich ihn aufzuhalten.

Doch schon im nächsten Moment wandte Jason sich ab und verließ den Garten.

Zurück blieben Max und ich.

Und eine schier endlose Enttäuschung darüber, wie übel mir das Schicksal in diesem Moment mitgespielt hatte, ergriff mich.

Kapitel 26

Jason

Mit hundertachtzig Sachen fuhr ich die Landstraße entlang. Ganz und gar im Tunnelblick verloren, hoffte ich inständig, nicht gleich auf die nächste Schafherde zu stoßen.

Doch ich konnte nicht anders. Die Wut, die sich bei den Worten von Annas Freund rasant in mir ausgebreitet hatte, musste kanalisiert werden. Und im Augenblick sah ich keine andere Möglichkeit, um mir Luft zu machen.

Noch immer konnte ich nicht fassen, dass Anna einen Freund hatte und dass sie mir dieses wichtige Detail vorenthalten hatte. Was hatte sie mir noch alles verschwiegen? Dass er ein berüchtigter Hacker war und sie gemeinsame Sache miteinander machten?

War es ihre Aufgabe gewesen, mich gefügig zu machen, um an Informationen heranzukommen?

Wie hatte ich nur so naiv und blauäugig sein können? Die Zufälle in unserer Beziehung, Onkel Theodores Theorien, mein ungutes Gefühl – sollte am Ende wirklich alles nur ein Spiel gewesen sein?

Kopfschüttelnd saß ich im Wagen auf dem Weg nach Muir of Ord. Ich musste Granny Bescheid sagen, dass Onkel Theodores Vermutung nicht ganz von der Hand zu weisen war. Vielleicht würden die Leute aus der IT-

Abteilung aufgrund meines Hinweises dem Täter oder den Tätern endlich auf die Spur kommen.

Mein Hals schnürte sich bei diesem Gedanken zu, während ich innerlich mit mir rang und versuchte, nicht an Annas traurigen Blick zu denken, als ich ohne ein weiteres Wort einfach abgehauen war.

Aber was hätte ich denn tun sollen? Danebenstehen, während die beiden sich vertraut in den Arm nahmen und Zärtlichkeiten miteinander austauschten? Wohl kaum!

Schon im nächsten Moment presste ich meinen rechten Fuß noch ein wenig mehr aufs Gaspedal. Für den Bruchteil einer Sekunde hatte ich das Gefühl zu fliegen. Die anstehende Kurve kam unerwartet. Ich befürchtete bereits, sie nicht nehmen zu können, doch wie durch ein Wunder überwand ich auch dieses Hindernis.

Ganz außer Atem, als wäre ich gerade einen Marathon gelaufen oder hätte gegen Muhammad Ali zu seinen besten Zeiten geboxt, kam ich in der Firma an.

Mit einem »Schon zurück?« nahm Granny mich in Empfang.

Gegen ihre Gewohnheit stand sie draußen auf dem Parkplatz und rauchte eine Zigarre.

»Ist etwas passiert?«, fragte ich sofort.

»Sollte ich das nicht eher dich fragen?«, erwiderte sie mit Blick auf den Porsche. »Du bist hier wie der Teufel höchstpersönlich angebraust gekommen. Ich hatte schon Sorge, du könntest die Einfahrt schneiden.«

Besorgt sah sie mich an, während sie einen tiefen Zug von ihrer Zigarre nahm.

»Anna hat gerade Besuch von ihrem Freund bekommen. Offenbar ist sie die ganze Zeit zweigleisig gefahren. Und so langsam habe ich das Gefühl, ich sollte Onkel Theodores Verschwörungstheorien zumindest einmal Gehör schenken.«

Granny setzte sich auf eine Holzbank, die vor der Brennerei stand, und bedeutete mir, mich neben sie zu setzen.

»Dein Onkel Theodore, so gerne ich ihn auch habe, ist ein Hitzkopf. Die Täter sind längst überführt. Und deine Anna hat da ganz sicher nicht mitgemischt.«

Granny nahm abermals einen tiefen Zug von ihrer Zigarre und blies den Dampf anschließend in einem Schwall aus ihren Lungen heraus, sodass ich in einer riesigen Rauchwolke saß und nichts mehr sehen konnte.

Hustend wartete ich darauf, dass sie mir sagen würde, wer für den Hackerangriff verantwortlich war. Doch sie sagte nichts und nahm stattdessen einen weiteren Zug von ihrer Zigarre.

»Granny, wer steckt denn nun hinter der Sache?«

Meine Großmutter sah auf den Parkplatz, auf dem unsere Mitarbeiter ihre Wagen abstellten, wenn sie am Morgen zur Arbeit kamen. Gut zweihundert Menschen waren bei uns beschäftigt. Eine ganze Menge. Und ich würde gar behaupten, dass sie jeden davon kannte. Denn neue Mitarbeiter stellte Granny noch immer höchstpersönlich ein. Das war Chefsache. Und die würde sie sich für nichts und niemanden auf der Welt nehmen lassen.

»Das Geschäft mit dem Whiskey war immer sehr einträglich. Trotz Flauten, gesellschaftlicher und wirtschaftlicher Widrigkeiten gibt es unsere Brennerei auch nach all der Zeit noch. Ein Wunder, wenn man bedenkt, wie schnell man einem Unternehmen heute den Garaus machen kann.«

Der Hackerangriff hatte Granny offenbar bis ins Mark erschüttert. Die sonst so felsenfeste Frau schien ins Wanken geraten zu sein. Aber war das denn wirklich dem Angriff aus dem Netz zuzuschreiben? Was steckte dahinter?

»Granny, willst du mir nicht sagen, was die IT-ler herausgefunden haben?«, hakte ich abermals nach und erntete darauf ein tiefes Seufzen.

»Als ich noch jung war, da gab es so was wie Ehrgefühl und Respekt. Wir sind unseren Konkurrenten immer auf Augenhöhe begegnet. Wenn einer Hilfe benötigt hat, haben wir ausgeholfen mit Material, Arbeitskraft, Maschinen oder Know-how. Es war eine schöne Zeit damals.«

Nach wie vor verstand ich noch immer nicht, was Grannys Worte mit dem heutigen Cyberangriff zu tun hatten. Worauf wollte sie denn hinaus? Es schien fast so, als hätte der Zwischenfall sie nachhaltig aus dem Tritt gebracht.

»Granny, was hat das eine mit dem anderen zu tun?«, brachte ich meine Frage schließlich auf den Punkt.

Meine Großmutter sah mich mit großen traurigen Augen an. Sie wirkte müde und erschöpft.

»Hinter dem Angriff heute Morgen stecken die Bouverys«, offenbarte sie mir schließlich.

Als sie den Namen von Beverlys Familie nannte, hatte ich das Gefühl, sie sackte schwer in sich zusammen.

Die Zigarre ließ sie mitsamt ihrer Hand gen Boden sinken. Der Glimmstängel glühte zwischen ihren Fingern weiter vor sich hin, während Granny ihren Blick starr nach vorne auf den Parkplatz richtete.

Beverlys Übergriff – denn dass sie nach den gestrigen Vorkommnissen bei der Tea Time dahintersteckte, war für mich nicht von der Hand zu weisen – war für Granny keine Kleinigkeit. In ihren Augen hatte sie damit die Werte und Grundsätze dieses Wirtschaftszweiges komplett außer Kraft gesetzt.

»Ich weiß nicht, ob ich in dieser Welt noch leben will«, sagte sie schließlich.

Es brach mir das Herz, die aufrichtige, selbstbewusste, gutmütige und herzensgute Frau so leiden zu sehen. Sie hatte es nicht verdient, dass ihr so übel mitgespielt wurde. Von niemandem.

Beverly hätte sich an mir rächen können. Warum musste sie ausgerechnet die Whiskey-Brennerei torpedieren?

Weil sie weiß, wie wichtig sie unserer Familie ist, resümierte meine innere Stimme und ich gab ihr vollumfänglich recht.

»Granny, dieser Zwischenfall mit den Bouverys wird sich klären. Wir werden Kontakt aufnehmen und dafür sorgen, dass sie uns Rede und Antwort stehen. Das werden wir uns nicht gefallen lassen. Hörst du? Es gibt keinen Grund zur Sorge«, versuchte ich sie zu beruhigen.

Doch Granny sah noch immer starr geradeaus, als hätte sie etwas am Horizont erblickt, das ihre volle Aufmerksamkeit erforderte. Sie ließ sogar ihre Zigarre fallen und trat darauf, um sie zu löschen.

»Ich habe gerne in dem Glauben gelebt, dass wir hier in den Highlands fest zusammenhalten. Was, wenn dieser Cyberangriff heute Morgen eine neue Dekade einläutet? Was, wenn von nun an jeder den anderen auszuspionieren versucht? Das wäre eine schreckliche Vorstellung für mich. Ich wüsste nicht, ob ich mich damit zurechtfinden würde.«

»So weit wird es nicht kommen«, versprach ich ihr und nahm mir gleichzeitig vor, ein ernstes Wörtchen mit Beverly zu reden.

Gekränkte Eitelkeit hin oder her, mit dieser Aktion hatte sie sich meilenweit ins Aus geschossen. Und das nicht nur bei uns. Sobald andere Brennereien der Region Wind davon bekämen, würde es schnell eng für die Bouverys werden. Dabei war ich mir ziemlich sicher, dass Beverlys Eltern mit dieser Unternehmung nichts am Hut hatten.

»Du solltest zu Anna fahren und dich entschuldigen«, wechselte Granny unvermittelt das Thema.

»Aber sie hatte doch Besuch von diesem … Max.«

Das letzte Wort spuckte ich beinahe aus, so angewidert war ich davon.

»Bist du dir denn ganz sicher, dass zwischen den beiden noch was läuft? Wie ihr jungen Leute immer sagt. Könnte es nicht auch noch eine andere Erklärung dafür geben, dass er hier war? Und falls Anna, was ich nicht glaube, doch mit diesem Mann zusammen ist, bist du ihr dennoch eine Entschuldigung schuldig, da du sie verdächtigt hast, unsere Firma ausspioniert zu haben.«

Am liebsten hätte ich Granny gesagt, wie verletzt und gekränkt ich war. Dass ich viel lieber bis nach Neuseeland geschwommen wäre, als diesen Max noch mal in der Nähe von Anna zu sehen.

Aber ich wusste, dass meine Großmutter mit dem, was sie gesagt hatte, recht hatte. Ich sollte zu Anna gehen und mich für mein Verhalten entschuldigen. Sollte ich allerdings noch mal auf diesen Max treffen, wüsste ich nicht, was ich tun würde.

Granny reichte mir den Schal, den sie im Pavillon gefunden hatte.

»Hier hast du einen Vorwand, noch mal zu ihr zu fahren, Jason. Ich weiß, dass dir das nicht leichtfallen wird. Aber ich weiß auch, dass du mir irgendwann dafür danken wirst, dass ich dich dazu ermutigt habe.«

Granny tätschelte meinen Oberschenkel, ehe sie wieder auf die Füße kam, hörbar ausatmete und schließlich zurück aufs Firmengelände ging.

Ich blickte ihr nach, solange ich sie noch sehen konnte. Sie war eine starke, weise Frau, die auch an ihre Grenzen geraten konnte, wie mir der Hackerangriff gezeigt hatte. Aber sie wusste, was Anstand und Respekt waren. Seit jeher verwaltete sie das Unternehmen mit Herzlichkeit, Offenheit und Dankbarkeit.

Sie war für jeden von uns ein nachahmungswürdiges Vorbild. Seit einem halben Jahrhundert stand sie der familiären Whiskey-Brennerei der McCallisters vor, und ich konnte mit Sicherheit sagen, dass sie in dieser Zeit alles für ihre Mitarbeiter, die Familie und das Unternehmen getan hatte, was nötig war.

Seufzend erhob schließlich auch ich mich von der Bank, um mich zu meinem Porsche zu bewegen. Es galt, das Unrecht wiedergutzumachen, mit dem ich Anna sicher zutiefst verletzt hatte.

Akribisch achtete ich während der Fahrt zum Clachtoll Beach darauf, nicht an Max zu denken.

Kapitel 27

Anna

»Also nur, dass ich das richtig verstehe: Du gibst mir einen Korb?«

Auch nach geschlagenen eineinhalb Stunden konnte Max nicht akzeptieren, dass ich keine Chance mehr darin sah, unsere Beziehung aufrechtzuerhalten.

»Du wolltest dich doch ohnehin anders orientieren«, gab ich abermals zu bedenken.

Aber Max schien die Tatsache nicht zu gefallen, dass ich diejenige von uns beiden war, die nun einen Schlussstrich unter unsere Partnerschaft setzte.

Dabei war das Ende doch schon damit eingeläutet worden, als Max mir seinen Vorschlag unterbreitet hatte. War er denn ernsthaft davon ausgegangen, dass wir beide in einer offenen Beziehung zusammenleben würden?

Das wiederum brachte mich zu der Frage, wie gut mich mein Ex-Freund überhaupt kannte. Ich hatte nicht das Gefühl, dass er davon ausgegangen war, dass ich seinem Vorschlag widersprechen würde. Ganz im Gegenteil.

Dementsprechend irritiert sah er nun auf mich drein.

»*Wir* wollten uns anders orientieren«, behauptete er.

Während ich in der Vergangenheit nur allzu oft dazu geneigt hatte, des lieben Friedens willen einzuknicken und ihm recht zu geben, blieb ich in dieser Angelegenheit beharrlich.

»Nein, das wollte ich nie. Aber ich muss dir dafür danken, dass du mich damit konfrontiert hast. Sonst wäre ich vermutlich nie zu einer Reise zu mir selbst aufgebrochen.«

Max sah mich mit großen Augen an.

»Was ist das hier? Führt Lara eine Sekte? Du klingst, als hätte jemand eine Gehirnwäsche bei dir durchgeführt. Seit wann glaubst du an diesen spirituellen Mist? Du bist doch Akademikerin.« Max war ganz außer sich.

»Ich glaube nicht an irgendwelchen spirituellen Kram, Max. Ich glaube an mich.«

Max riss die Augen vor Verblüffung weit auf und schien das erste Mal richtig hinzusehen. Zu mir. Er sah mich so, wie ich war.

»Was soll das heißen? Was wird aus unserer gemeinsamen Wohnung in München? Was wird aus dem Job? Wir arbeiten beide in derselben Firma, falls du das vergessen haben solltest.«

Daher wehte der Wind: Max machte sich Sorgen, welche Konsequenzen ein Leben ohne mich für ihn haben würde. Deshalb hatte er sich auch nicht von mir getrennt, sondern mir diesen aberwitzigen Vorschlag unterbreitet.

Der Mietvertrag der Wohnung lief auf mich. Wenn wir beide von nun an getrennte Wege gehen würden, hieß das im Umkehrschluss für Max, dass er sich nach einer neuen Bleibe umsehen musste.

Täglich mit seiner Ex-Freundin in Meetings zu sitzen und womöglich als Team zu einem Kunden geschickt zu werden, war für Max, wie für mich auch, eine absolute Horrorvorstellung.

Es hatte nämlich bis vor Kurzem ein Paar in unserer Abteilung gegeben, von deren Beziehung nur wir wussten. Um es kurz zu sagen: Nach ihrer Trennung wusste die komplette Firma, einschließlich des Chefs, dass die beiden mal ein Paar gewesen waren.

Während all die besonders für Max drängenden Fragen auf mich hereinprasselten, atmete ich einmal tief durch, hielt den Atem kurz an und ließ die Luft dann wieder aus meinem Körper strömen.

Die alte Anna wäre jetzt vermutlich in Panik verfallen und hätte Probleme damit gehabt, eine Entscheidung zu treffen.

Doch die neue Anna wollte ein für alle Mal einen Schlussstrich unter ihr bisheriges vorbestimmtes Leben ziehen und damit ein Zeichen setzen, gut sichtbar für alle.

»Ich schreibe dem Vermieter, dass du die Wohnung übernimmst. Das sollte kein Problem sein. Schließlich wusste er ja, dass du bei mir wohnst. Was den Job anbelangt … Ich werde nicht zurückkommen. Mach dir also keine Sorgen. Es wird nicht enden wie bei Claudia und Steffen.«

Nun war es an Max, erleichtert aufzuatmen.

»Das … ändert jetzt natürlich alles.«

Sein Handy, das er auf dem kleinen Gartentisch abgelegt hatte, vibrierte. Eine lächelnde Blondine mit schwarzer Sonnenbrille auf der Nase und Kussmund erschien im Display.

Max beeilte sich, das Gespräch abzulehnen und das Handy umzudrehen.

»Sie sieht nett aus«, bemerkte ich mit Fingerzeig auf das Gerät.

Max fuhr sich verlegen durchs Haar.

»Wir haben uns erst vor Kurzem kennengelernt«, behauptete er.

Doch seine leicht geröteten Wangen überführten ihn als Lügner.

»Ich habe auch jemanden kennengelernt. Jason. In Neuseeland.«

»War das der Kerl vorhin?«, hakte Max mit leicht gefurchter Stirn nach.

In Gedanken schien er sich sein Bild in Erinnerung zu rufen. Vielleicht fragte er sich sogar, ob er mit ihm mithalten konnte.

All diese Gedanken hatte ich in Bezug auf Max' neue Freundin überhaupt nicht. Ganz im Gegenteil. Eine gewisse Erleichterung flutete meine Blutbahnen bei der Erkenntnis, dass es ihm gut ging. Alles war gut. Ich war ihm nichts schuldig, und Max bedeutete mir nichts mehr.

»Ja, genau der«, bestätigte ich ihm.

Als Reaktion auf meine Antwort öffnete er seine Lippen, als wolle er etwas dazu sagen. Unverrichteter Dinge schloss er sie nach wenigen Augenblicken wieder. Offenbar hatte er sich anders entschieden.

Dann schüttelte er leicht den Kopf.

»Ich wünsche euch viel Glück. Das hast du verdient.«

Max war immer schon sehr eloquent gewesen. Doch in diesem Moment bewies er wahrhaft Größe, indem er sich auf das Wesentliche konzentrierte. Es war sehr lieb von ihm, mir diese Worte mit auf den Weg zu geben. Sie fühlten sich echt und warm an wie ein schützender Poncho an einem windigen und kalten Herbstmorgen.

Mit den Worten »Ich wünsche dir auch alles Gute, lieber Max« verabschiedete ich mich innerlich von dem Mann, mit dem ich die letzten drei Jahre verbracht hatte.

Es war keine Wehmut oder Enttäuschung da. Nein, ich fühlte mich frei und glücklich. Und besonders erleichtert.

Endlich hatte ich mich dieser großen Baustelle in meinem Leben zugewandt und mich darum gekümmert. Es war ein gutes Gefühl, die Dinge anzupacken und auf das Herz zu hören.

Die Meinung der anderen war mir nicht mehr so wichtig. Ich nahm sie dankend zur Kenntnis, aber die Entscheidung, wie ich in einer Lage verfahren würde, hing ganz von mir ab.

Allein für diese Erkenntnis hatte sich die Auszeit gelohnt. Am Ende musste ich Max für sein Angebot, unsere Beziehung auch für andere Menschen zu öffnen, tatsächlich auch noch dankbar sein.

Max erhob sich von seinem Platz und sah mir direkt in die Augen.

»Du hast dich verändert, Anna. Zum Besseren«, sagte er.

Dann schlang er seine Arme um mich und hielt mich fest.

»Komm gut nach Hause, Max«, sagte ich ihm, ehe ich mich wieder von ihm losmachte.

Im Augenwinkel erkannte ich eine hektische Bewegung. Jemand lief aus dem Garten davon. Scheppernd fiel die Gartentür ins Schloss. Zuvor hatte ich jedoch nicht bemerkt, wie sie geöffnet worden war.

»Geh ihm besser nach! Er wird denken, dass wir uns versöhnt haben. Zumindest hat sein Blick Bände gesprochen.«

Max schüttelte leicht mit dem Kopf.

»War das Jason?«, fragte ich unnötigerweise.

»Hast du denn noch mehr Männer, denen du den Kopf verdreht hast?«

Max lachte.

Mit einem »Danke« verabschiedete ich mich von ihm und hastete Jason hinterher.

Der Motor seines Porsches heulte auf.

Wie eine Wahnsinnige rannte ich auf ihn zu. Er fuhr gerade an, da schmiss ich mich ihm und seinem rollenden Wagen voller Wagemut in den Weg. Jason durfte so nicht wegfahren. Nicht, nachdem er zurückgekommen war.

Als er mich vor seinem Porsche erblickte, sah er mich mit vor Schreck geweiteten Augen an und stieg schon im nächsten Moment mit voller Wucht auf das Bremspedal. Keinen halben Meter vor mir hielt er schließlich an.

Mit einem »Bist du wahnsinnig?« sprang er aus dem Wagen und eilte zu mir.

»Nein, nur verliebt«, erwiderte ich und sprach dabei aus dem Herzen.

»Und deshalb wirfst du dich vor anderer Leute Autos?«, hakte er kopfschüttelnd nach.

Der Schreck schien ihm nach wie vor in den Knochen zu sitzen.

»Nur vor deines«, versicherte ich ihm, woraufhin er den Kopf schüttelte.

»Du bist wiedergekommen«, stellte ich fest, während er sich mit der rechten Hand an der Kühlerhaube abstützte.

»Ja, ich wollte dir dein Tuch bringen. Granny hat es im Pavillon gefunden«, erklärte er und reichte es mir, ohne mir dabei direkt in die Augen zu sehen.

»Danke dir. Aber bist du denn nur wegen des Tuchs gekommen?«

Bitte, lieber Gott, lass ihn noch einen anderen Grund nennen, flehte ich.

»Es gibt tatsächlich noch einen anderen Grund«, gestand er mir schließlich ein.

Innerlich jauchzte ich himmelhoch auf.

Nur um schon im nächsten Moment wieder zu Tode betrübt zu sein.

»Wir wissen nun, dass Beverly hinter dem Cyberangriff auf die Firma steckt. Ich bin gekommen, um mich bei dir zu entschuldigen. Ich hätte nie auch nur in Erwägung ziehen dürfen, dass du mit der Sache etwas zu tun haben könntest«, sagte er sachlich.

»Oh … okay.«

Mir fehlten die Worte. Schlagartig wusste ich nicht mehr, was ich machen sollte.

Während ich mich noch vor wenigen Minuten todesmutig vor seinen Wagen geschmissen hatte, schien mich jetzt meine Courage verlassen zu haben. Ich wusste gar nicht, was ich auf Jasons Worte erwidern sollte, so perplex machten sie mich.

»Und du bist nur gekommen, um mir das zu sagen?«, hakte ich nach.

»Und um mich zu entschuldigen.« Dann deutete er auf das Tuch. »Und vergiss das nicht.«

Ich presste das Stück Stoff fest an meine Brust, als könnte er sich im nächsten Moment in ein Laserschwert verwandeln und mir weiterhelfen. Leider blieb die erhoffte Wirkung aus.

»Ich sollte wohl besser wieder gehen. Du und dein Freund, ihr wollt sicher …«

»Max ist mein Ex-Freund«, beeilte ich mich zu sagen und unterbrach Jason dabei mitten im Satz.

»Ach, dann seid ihr gar nicht mehr zusammen?«, fragte er verblüfft. »Aber warum hat er das denn dann bei unserem ersten Aufeinandertreffen noch behauptet?«

»Das ist ein bisschen kompliziert. Aber wenn du bleibst, könnte ich dir alles in Ruhe erklären«, sagte ich und wies dabei in Richtung des Gartens.

Der verwunschene Garten, wie ich ihn insgeheim getauft hatte, würde mir viel besser helfen können als ein imaginäres Lichtschwert. Schließlich war ich kein Yedi-Ritter, sondern eine ganz normale Frau mit ganz normalen Problemen und Sorgen.

Im Garten wurden alle Sinne angesprochen. Das prächtige bunte Blumenmeer zu beiden Seiten des Weges verströmte einen schier atemberaubenden Duft. Das geschäftige Schwirren, Summen und Zirpen der Vögel, Insekten und der vielen anderen Tiere fühlte sich wie ein Konzert der ganz besonderen Art an. Es beruhigte und entspannte gleichermaßen.

Eine kleine Hecke trennte die Blumen von den Beeren ab. Ihr saftig-süßer Geruch umspielte meine Nase, während mein Magen sich vorfreudig zu Wort meldete. Wann hatte ich noch gleich das letzte Mal etwas gegessen?

Als wir im hinteren Bereich des Gartens auf Höhe der Hintertür zur Küche ankamen, bot ich Jason an, sich auf einen der freien Stühle zu setzen.

Ein wenig unsicher blickte er von der Sitzgelegenheit zu mir und wieder zurück, ehe er schließlich Platz nahm.

Erwartungsvoll sah Jason mich an, während ich mich zu ihm setzte, mir ein Herz fasste und endlich das Gefühl hatte, die richtigen Worte gefunden zu haben.

»Max und ich waren drei Jahre ein Paar, als er mir vorschlug, wir sollten eine offene Beziehung führen.«

Jason sah mich mit weit aufgerissenen Augen an. Diesmal jedoch nicht vor Schreck als vielmehr vor Entsetzen.

»Er hat was?«, fragte er ungläubig.

»Bevor ich nach Neuseeland gereist bin, dich kennengelernt habe und hier nach Schottland gekommen bin, haben die wichtigen Entscheidungen in meinem Leben meist meine Eltern für mich getroffen. Das war irgendwann so normal, dass ich es nicht hinterfragt habe. Aber mit diesem Thema konnte ich wohl kaum zu meinen Eltern gehen. Also bin ich stattdessen in ein Sabbatical nach Neuseeland gegangen.«

»Du bist geflohen«, stellte Jason ohne Wertung in der Stimme fest.

»Ich wusste mir zum damaligen Zeitpunkt keine andere Alternative. Ja, ich bin geflohen. Aber was ich nicht wusste: Ich bin für mich gegangen und bin enorm daran gewachsen.

Und ich habe mich verliebt. So sehr, dass mir der Kopf schwirrt und die Schmetterlinge in meinem Bauch Purzelbäume schlagen, wenn ich nur an dich denke, Jason.«

Mein Herz fand die richtigen Worte viel leichter als mein Verstand. Vielleicht sollte ich es öfter mal zu Wort kommen lassen. Es klang nicht nur gut, nein, es fühlte sich auch gut an.

»Ich ... Also ... Aber jetzt seid ihr nicht mehr zusammen. Oder?«

Ich schüttelte den Kopf.

»Nein, Max und ich haben uns gerade sehr freundschaftlich getrennt, was in Anbetracht dessen, dass er meine Wohnung haben kann und ich aus der Firma ausscheiden werde, in der wir gemeinsam gearbeitet haben, sicher zu erwarten war.«

Jason schien über meine Worte nachzudenken.

»Dann gehst du also nicht mehr zurück?«

Seine Stimme klang besorgt und gleichsam hoffnungsfroh. Sein Blick ruhte schwer auf mir, während er darauf wartete, dass ich ihn aus der Ungewissheit befreite.

»Nein, ich bleibe hier in Schottland«, fasste ich schließlich einen Entschluss, über den ich bisher noch gar nicht wirklich nachgedacht hatte.

Aber nach München wollte ich nicht zurück. Wieder in Würzburg wohnen, ging auch nicht, da ich die Nähe zu meinen Eltern lieber vermeiden wollte. Ihre Sogwirkung hatte mich bis nach München verfolgt. Und das wollte ich nicht noch einmal erleben.

Irgendwann würden wir drei ein entspanntes Verhältnis zueinander aufbauen können. Die Betonung lag allerdings auf irgendwann. Bis dahin wollte ich erst mal meinen Weg finden und Erfahrungen sammeln. Gute und schlechte. Immer mit der Gewissheit, dass ich für eine Entscheidung, die ich selbst getroffen hatte, auch verantwortlich war. Nur so konnte ich lernen und wachsen.

»Das ... Ich bin so froh, dass Max und du ... Ich wüsste nicht, was ich täte, wenn du ...«

Jasons vormals angespannte Gesichtszüge wurden weich und sanft. Ich konnte spüren, wie sehr ihn meine Worte erleichterten, wie er sich darüber freute, mich nicht schon wieder zu verlieren.

Unsere Zukunft lag vor uns. In den schillerndsten Farben. Ganz so wie der traumhaft verwunschene Cottagegarten, in dem ich endlich zu mir selbst finden konnte.

Noch während ich darüber nachdachte, schloss Jason mich in seine Arme und küsste mich, als gäbe es kein Morgen.

Der Zauber des Sommers war ungebrochen. Ebenso wie unsere Liebe.

Epilog

Anna

Sechs Wochen später

»Wie gefällt dir Schottland im Herbst?«, fragte mich Lara bei meinem Besuch im B&B am Clachtoll Beach.

Versonnen sah ich mich im Garten um. Die meisten Beeren waren geerntet und zu Marmelade eingekocht worden, während noch das ein oder andere Gemüse darauf wartete, verzehrt zu werden.

Eine Möwe flog dichte Kreise über uns in der Hoffnung, etwas von unserer üppig beladenen Etagere einheimsen zu können. Bienen und Hummeln sah man derweil immer weniger. Sie hatten sich zurückgezogen, um sich auf den Winter vorzubereiten.

»Ich finde den Herbst mit all seinen bunten Farben sehr charmant. Es ist ein Geschenk, sein Leben hier in den Highlands verbringen zu dürfen. Findest du nicht auch?«

Lara stimmte mir nickend zu.

»Du sagst es.« Dann blickte sie auf ihre Armbanduhr. »Aber wo bleiben denn die Männer? Die wollten doch nur kurz zum Strand«, bemerkte Lara ein wenig beunruhigt, ehe sie mit den Schultern zuckte. »Dann beginnen wir eben schon mit der Tea Time. Das haben sie dann davon.«

Bei Laras Worten musste ich lachen.

»Sobald du in eine dieser herrlichen Zitronen-Tartes gebissen hast, wird Jason im Handumdrehen da sein. Manchmal habe ich das Gefühl, dass er einen eingebauten Gebäck-Radar in seinem Ohr hat.«

Nun war es an Lara, zu lachen.

»Wie klappt es auf Ghaoth Castle? Hast du dich denn schon ein wenig eingelebt?«

Bei Laras Frage musste ich an die anfänglich noch skeptischen Blicke von Onkel Theodore denken und das Gefühl, mich behaupten zu müssen. Doch das hatte sich zum Glück schnell gelegt. Mittlerweile bot er mir am Frühstückstisch sogar freimütig die Zeitung an. Laut Jason handelte es sich dabei um eine ganz besondere Ehre, die mir damit zuteilwurde.

»Seit vergangener Woche arbeite ich in der Destillerie. Ich bin für die Zufriedenheit der Mitarbeiter zuständig«, erklärte ich.

Laras Stirn runzelte sich bei meinen Worten.

»Wie genau sieht das denn aus?«, hakte sie nach.

»Nun, für alle Probleme, Unstimmigkeiten oder Fragen, was das Zwischenmenschliche anbelangt, bin ich die Anlaufstelle der Arbeitnehmer der Destillerie. Ganz konkret schlichte ich die ein oder andere Auseinandersetzung, kümmere mich aber auch um das Wohl der Mitarbeiter an ihrem Arbeitsplatz und sorge dafür, dass jeder seinen Talenten und Interessen entsprechend eingesetzt wird und wir alle in einer heimeligen Atmosphäre zusammenarbeiten können. Dabei habe ich immer ein offenes Ohr für alle«, fasste ich zusammen.

»Das hört sich toll an«, meinte Lara. »Schon im Kindergarten hast du dafür gesorgt, dass wir uns wegen der Spielsachen nicht in die Haare bekommen. Das klingt nach einer Aufgabe, die genau zu dir passt.«

Lächelnd nahm ich mir einen Scone von der Etagere und bestrich ihn mit Clotted Cream und Marmelade.

»Ja, ich würde mal behaupten, dass ich angekommen bin. Nicht nur in der Firma. Die Familie ist warmherzig und bindet mich überall mit ein. Demnächst steht der alljährliche Tag der offenen Tür an. Jasons Großmutter hat mich gefragt, ob ich noch Ideen für diesen besonderen Tag hätte. Das hat mich total gerührt. Du weißt ja, wie meine Eltern sind. Ich bin es gar nicht gewohnt, dass ich nach meiner Meinung gefragt werde.«

Lara nickte zustimmend.

»Das hört sich nach einem echt guten Start an. Ich hoffe, es bleibt so harmonisch.«

»Apropos harmonisch: Wo ist eigentlich Leonore?«

Lara lächelte verschmitzt.

»Die ist mit einem Verehrer an den Lake Assynt gefahren«, erklärte sie mir augenzwinkernd.

»Das hört sich ja schön an.«

Noch ehe Lara weiter ausholen konnte, kamen die Männer von ihrer Runde zum Strand zurück.

Jason hielt dabei etwas hinter seinem Rücken versteckt.

»Hey, ihr beiden«, sagte Lara. »Wir haben schon mal ohne euch angefangen«, stichelte sie, woraufhin Jasons Blick sofort zur Etagere schoss.

Trotz der kurzen Zeit, die wir nun erst zusammen waren, wusste ich ihn mittlerweile gut einzuschätzen und kannte seine Gewohnheiten. Die Tea Time gehörte definitiv dazu. Er ließ sie nur höchst selten ausfallen.

»Was ist da in deinem Rücken, Schatz?«, fragte ich schließlich nach.

Cailan klopfte Jason Glück wünschend auf die Schulter, ehe er sich neben Lara und mich setzte.

»Mein Schatz, ich weiß nicht, ob du dich erinnern kannst, aber heute vor drei Monaten haben wir uns das erste Mal gesehen. Bevor ich mich getraut habe, dich anzusprechen, sah ich dir eine Ewigkeit auf dem Surfbrett dabei zu, wie du Welle um Welle genommen hast. Du bist eine Kämpferin und dabei so grazil wie eine Gazelle.«

»Eine Gazelle auf dem Surfbrett«, resümierte ich, woraufhin Lara neben mir bei dem Bild zu kichern begann.

»Eine äußerst hübsche und einfühlsame Gazelle«, erklärte Jason und zwinkerte mir dabei vielsagend zu.

Dann holte er das, was er in seinem Rücken verbarg, nach vorn und präsentierte mir ein Surfbrett. Nicht irgendein

Surfbrett. Denn darauf waren Jason und ich am Oakura Beach in Neuseeland abgebildet.

»Ist das für mich?«, fragte ich mit Tränen der Rührung in den Augen.

Ich konnte nicht fassen, wie aufmerksam Jason war. Und was für ein unglaubliches Glück ich mit ihm hatte.

»Ich liebe dich, Anna«, sagte Jason und überreichte es mir.

»Ich liebe dich auch, Jason«, erwiderte ich und stellte mich dabei auf die Zehenspitzen, um ihm einen Kuss geben zu können.

»Den Rest könnt ihr euch für später aufheben. Es gibt Kuuuuchen«, flötete Lara.

»Wer kann da schon widerstehen?«, fragte Jason, sah dabei allerdings nicht zur Etagere.

Ein Prickeln überzog meine Haut und die Sehnsucht nach dem Pavillon war mit Händen greifbar.

Cailan erhob sein Glas:

»Auf einen schönen Sonntagnachmittag am Clachtoll Beach.«

Und wir erwiderten seinen Toast.

»Auf einen schönen Sonntagnachmittag mit Freunden.«

Jason

»Was zur Hölle soll das?«, blaffte Beverly mich an, kaum dass sie zum Tag der offenen Tür an unserem Herrenhaus angekommen war.

»Ich wünsche auch dir einen wundervollen Tag und heiße dich herzlich auf Ghaoth Castle willkommen«, begrüßte ich sie und blieb dabei ganz die Ruhe selbst.

»Was hat es mit diesem hässlichen Kostüm auf sich, das ich heute Morgen in der Post hatte? Du meintest doch, dass heute eine Veranstaltung für den guten Zweck ansteht. Was soll ich da mit dieser dämlichen Ritter-Verkleidung?«

Bei Beverlys Worten fiel es mir nicht leicht, ernst zu bleiben. Am liebsten hätte ich albern drauflos gelacht.

Als die Planungen für den diesjährigen Tag der offenen Tür konkreter wurden, kam mir Theres' Idee mit dem Ritterkostüm wieder in den Sinn. Nur hatte ich im Gegensatz zu ihr eine genaue Vorstellung davon, wer sich darin zum Affen machen würde.

»Die Presseleute werden jeden Moment da sein«, wich ich Beverlys Frage aus.

Prompt fuhr der erste Wagen die Auffahrt hoch. Vertreter des Daily Mirrors zückten Kameras und Stative, kaum dass sie ausgestiegen waren, und machten sogleich ein paar Aufnahmen vom Herrenhaus.

»Wenn du glaubst, dass ich diesen albernen Fummel anziehe, hast du dich gewaltig geschnitten, Jason.«

»Zu schade. Sämtliche Einnahmen des heutigen Tages werden nämlich für einen guten Zweck gesammelt. Wie das wohl in den Zeitungen aussehen wird, wenn sie erfahren, dass du einen Rückzieher gemacht hast? Ich meine, schließlich geht das Geld kranken Kindern zu. Wo ist dein Herz, Beverly?«

Während diese noch versuchte, die Details meiner Aussage zu verinnerlichen, legte ich leger meinen Arm um ihre Schulter und drückte sie an mich.

»Würden Sie bitte ein Foto von uns machen? Haben Sie das Kostüm gut im Bild?«

Beverly, die gar nicht wusste, wie ihr geschah, wirkte mächtig überrumpelt. So sehr, dass sie sich nicht rechtzeitig aus meiner Umarmung lösen konnte und somit das erste Bild bereits im Kasten war.

»Du bist ein …«

»Ich weiß, meine Liebe. Aber im Gegensatz zu dir greife ich niemanden aus dem Hinterhalt an. Meine Rache feiere ich öffentlichkeitswirksam mit Pauken und Trompeten. Es wird mir ein Fest sein, dich heute in Aktion erleben zu dürfen.«

Nun konnte ich mir ein Lachen nicht mehr verkneifen.

Während nach und nach weitere Vertreter der Presse eintrafen und sogar schon die ersten Besucher auf den Parkplatz vorfuhren, wurde Beverlys Laune immer schlechter.

»Mir doch egal, was die Pressefuzzis über mich schreiben. Ich werde ganz sicher nicht dieses hässliche Kostüm anziehen und für euch den Clown spielen«, wetterte sie.

»Ritter, meine Liebe. Es ist ein Ritter-Kostüm«, erklärte ihr Granny mit einem fröhlichen Lächeln auf den Lippen.

Für das erste Aufeinandertreffen nach Beverlys Hackerangriff wirkte sie ganz ruhig und besonnen.

Granny fand meinen Vorschlag zu Beverlys Teilhabe an diesem Tag der offenen Tür grandios und hatte ihn ebenso unterstützt wie Annas Vorschlag, einen Eisverkäufer und einen Zauberer für die Kinder einzuladen. Im Garten würde es nun eine Betreuung für die Kinder unserer Gäste geben, sodass die Eltern entspannt durchs Haus schlendern und sich alles ganz in Ruhe ansehen konnten. Win win für alle.

Auf diese Weise würde es sicher auch noch die ein oder andere Spende geben, die über den reinen Eintrittspreis hinausging.

Beverly warf das Kostüm, das sie nach wie vor in Händen hielt, Granny vor die Füße.

»Clown oder Ritter, ich mache mich hier ganz bestimmt nicht für euch zum Affen. Das könnt ihr total vergessen«, giftete sie und war schon dabei, sich umzudrehen und zu ihrem Wagen zu laufen.

»Zu schade!«, sagte Granny. »Dann werden wir die Anzeige wohl doch noch machen müssen. Jason, rufst du bei der Polizei an? Ich werde derweil Beverlys Großmutter kontaktieren. Die Ärmste sollte es von mir erfahren, bevor sie es aus den Medien hört.«

»Was hat meine Granny damit zu tun?«, fragte Beverly und drehte sich dabei abermals zu uns um.

»Ach, so einiges. Ich weiß beispielsweise von dem Treuhandfonds, den du nur dann zu deiner nahenden Hochzeit ausgezahlt bekommst, wenn du bis dahin nicht negativ in den Schlagzeilen aufgetaucht bist.«

Beverlys eben noch wütende Miene wechselte von einem Moment auf den anderen in Verblüffung und Panik.

»Woher wisst ihr das?«, fuhr Beverly ihre Krallen aus.

»Deine Großmutter und ich teilen so manches Geheimnis«, erklärte Granny.

Wutschnaubend stampfte Beverly mit ihrem Fuß auf dem Boden auf. Bevor sie auf den Eingang zusteuerte, hob sie das Kostüm vom Boden auf. Offenbar hatte sie sich in ihr Schicksal ergeben.

»Das war ganz nach meinem Geschmack«, erklärte Granny und zwinkerte mir dabei vielsagend zu.

»Was ist mit Onkel Theodore? Wird er heute dabei sein?«

»Nein, er vertritt mich heute in der Firma. Es war ein guter Vorschlag von dir, ihm mehr Verantwortung zu übertragen. Auf diese Weise kommt er nicht auf dumme Gedanken, und wir beide haben genügend Zeit zu überlegen, wann du meine Nachfolge antrittst.«

»Nur wenn es zum Wohl der Familie ist«, sagte ich und meinte es auch so.

Das Letzte, was ich wollte, waren Zwistigkeiten zwischen uns.

»Das wird es sein.«

Damit ging sie ins Haus, um nach Beverly zu sehen.

Als sie gerade einen Fuß über die Schwelle setzte, kam Anna mit einem Lächeln auf den Lippen zu mir nach draußen.

»Es sieht nach einem wundervollen Tag aus«, sagte sie.

Ich konnte nicht anders, als sie in die Arme zu nehmen und zu küssen.

»Du hast recht, mein Schatz. Es sieht nach einem wirklich zauberhaften Tag aus. Einer von der Sorte, die man lange im Gedächtnis behält. Ähnlich wie der Sommer in diesem Jahr.«

ENDE

Danksagung

Liebe Leserinnen und Leser,

vielen lieben DANK für das Interesse an meinen Büchern.

Es hat mir außerordentlich viel Spaß gemacht, die Geschichte über Anna & Jason zu Papier zu bringen und mit den beiden nach Schottland an den Clachtoll Beach zu reisen. Zumindest gedanklich ;-) Wenn ich es ebenso geschafft habe, euch mit meiner Geschichte ein paar schöne Lesestunden zu bereiten, dann bin ich sehr glücklich darüber.

Bedanken möchte ich mich an dieser Stelle ganz herzlich bei meinen engagierten und wunderbaren Testleserinnen. DANKE für eure ehrlichen Worte, eure Begeisterung und euer Mitfiebern. Ohne euch wäre das Ganze nur halb so schön. Vielen lieben DANK, dass ihr den Weg mit mir gegangen seid! Ich freue mich bereits heute über euer Feedback zum nächsten Buch.

Liebe Doro, ein ganz besonderer Motivationsschub in diesem Buch war die Freude, die dir die Geschichte bereitet hat. DANKE hierfür.

Vielen DANK, liebe Sybille, dass du mein Manuskript mit so viel Sorgfalt korrigiert hast.

Vielen DANK an meine Leser und Leserinnen, dass ihr mit mir in die Geschichte von Anna & Jason abgetaucht seid.

Eure Mila

Außerdem freue ich mich sehr auf regen Austausch mit euch:
http://www.milasummers.com/
E-Mail: mila.summers@outlook.de
facebook: Mila Summers
Instagram: books_by_mila_summers

PS: Wenn euch meine Geschichte gefallen hat, würdet ihr mir unglaublich helfen, wenn ihr eine Rezension auf dem Buchportal eurer Wahl schreiben würdet. Dann bekommen vielleicht noch weitere Leser und Leserinnen die Möglichkeit, meine Geschichten kennenzulernen.